Annette Pehnt

MOBBING

Roman

Piper
München Zürich

Alle Personen und Ereignisse in diesem Buch sind fiktional. Ähnlichkeiten mit lebenden Personen und tatsächlichen Ereignissen sind rein zufällig und von der Autorin nicht beabsichtigt.

Dem Löwen

ISBN : 978-3-492-05070-8

Gesetzt aus der Bembo Antiqua
Satz: Uwe Steffen, München
Druck und Bindung: Clausen & Bosse, Leck
Printed in Germany

www.piper.de

1. VALENTINSTAG

Jetzt hätte er doch Zeit

Das war's, sagte Jo. Ich musterte sein Gesicht und sah trotzige Erleichterung.

Ich bin erledigt, sagte er, aber es klang nicht so. Inzwischen glaube ich ihm, aber als er da am Küchentisch stand, musste ich fast lachen.

Na ja, sagte ich, so schlimm wird es wohl nicht sein.

Wenn das Schlimmste passiert, muss man sich endlich nicht mehr davor fürchten, sagte Jo.

Sehr weise, sagte ich. Haben sie dich rausgeschmissen oder was.

Genau, sagte Jo triumphierend. Wir standen da, starrten uns an, ich schüttelte langsam den Kopf und fing an zu lächeln, als hätte er einen Scherz gemacht.

Nein. Das kann nicht sein.

Genau, es kann nicht sein, und es ist so. Du kannst es nachlesen. Fristlos.

Ich bewegte mich in Jos Worten, als beträfen sie mich nur am Rande. Ein seltsam beschwingtes Gefühl der Leere hielt mich in meinem Lächeln.

Markus hat neulich dort angerufen, wollte Jo erreichen, fiel aus allen Wolken, als sie ihm das sagten, Leute, die vor drei Wochen noch im selben Büro saßen, am selben Kopierer Schlange standen, den gleichen Cappuccino tranken, aus der teuren Espressomaschine, die die Stadtverwaltung für ihre Angestellten angeschafft hat, damit sich alle wohlfühlen. Ganz wichtig, guter Kaffee, zehn Minuten ausspannen, aufstehen, mit der Tasse in der Hand an den Schreibtischen lehnen, sich ein bisschen austauschen, ein paar Dehnungsübungen für den Nacken, einmal kurz das Fenster öffnen.

A. hat gern nach den Kindern gefragt und von neuen Filmen berichtet. Sie kennt sich aus.

T. wollte immer mit Jo laufen gehen. Es hat aber nie geklappt. T. wäre auch zu langsam gewesen, sagt Jo. Jo war gut im Training, früher ist er Marathon gelaufen, seitdem die Kinder da sind, nur noch Halbmarathon, jetzt gar nicht mehr.

Dabei hätte er doch jetzt Zeit. Jetzt könnte er all die Dinge tun, die er sich schon lange vorgenommen hat. Er könnte laufen, Halbmarathon, Marathon, er könnte sich mit chinesischer Geschichte und Philosophie beschäftigen, er könnte schreiben, irgendetwas schreiben, etwas Kürzeres, etwas Längeres, ein Kinderbuch, einen Essay, ich habe ihm ein Klavierbuch geschenkt, mit dem er sich selbst Klavier beibringen könnte.

Er setzt sich, er öffnet den Deckel, den wir sonst geschlossen halten, damit die Kinder nicht mit Marmeladenfingern auf den Tasten herumpatschen. Er rückt den Stuhl zurecht und schlägt das Klavierbuch auf. Ich versuche, ihn nicht zu beobachten. Ich gehe in den Keller und sortiere die Wäsche, oder ich räume mit dem Baby die Holztiere aus und wieder ein, oder ich schaue in den Garten, der sich unter einer Schneemasse duckt, alles abgeknickt, die Büsche vornübergeneigt, als kämen sie nie wieder hoch. Aber mit einem Ohr lausche ich. Klavier kann man nicht überhören.

Es bleibt still. Er sitzt da, die Hände auf den Knien, den Kopf etwas geneigt, und schaut vor sich hin. Nach einer Weile steht er auf, bewegt die Finger, als seien sie vom vielen Spielen steif geworden, und schließt den Klavierdeckel.

Meistens schaffe ich es, nichts zu sagen.

Wozu schenke ich dir das alles, könnte ich sagen.

Warum sitzt du bloß da.

Mach doch wenigstens irgendetwas.

Du bist nicht mehr der Alte.

Schon lange nicht mehr.

Was erwartest du, würde er antworten. Was soll ich denn machen. Was willst du denn jetzt auch noch von mir.

Du vertraust mir nicht.

Er schweigt.

Jetzt rede wenigstens.

Du immer mit deinem Reden, Reden, sagt er. Du siehst doch, wohin das ganze Gerede führt. Das Gequatsche. Die haben auch immer gequatscht.

Das klingt ja so, als wäre ich einer von denen, du siehst schon überall Feinde, Gespenster, Verschwörungen.

Es ist schwierig, sie nicht zu sehen. Für mich ist es schwierig, also für ihn unmöglich.

A., T. und die anderen haben, ohne dass Jo es wusste, alles darangesetzt, ihn kaputtzumachen. Sie haben Beschwerde eingelegt, Aktenvermerke geführt, Strichlisten gemacht, Gespräche protokolliert. Sie haben Jo nie aus den Augen gelassen. Sie haben nach Jos Kindern gefragt, ob die Große schon in die Schule komme, ob das Baby schon sprechen könne, ob sie ein Foto sehen könnten, ob das Baby immer noch diese Grübchen habe. Ob das Baby auf den Vater oder die Mutter komme, also auf mich, vom Foto her, haben sie gesagt, komme es eher auf mich, obwohl es die blauen Augen sicher von Jo habe, so blaue Augen, leuchtend blau, trompetenblau, und sie haben Jo in die Augen geschaut. Sie haben Milch für seinen Cappuccino geschäumt. Zugleich haben sie alles, was er gesagt und nicht gesagt, geschrieben und nicht geschrieben hat, festgehalten, dokumentiert, umgestülpt, auf den Kopf gestellt, gegen den Strich gelesen und für ihre Zwecke benutzt.

Wie soll ich da keine Gespenster sehen, fragt Jo.

Weil es keine Gespenster sind, sage ich. Es sind A., T. und die Chefin. Du kennst sie. Du hast dich jahrelang über sie geärgert. Das kam nicht aus heiterem Himmel.

Über A. und T. habe ich mich nicht geärgert, sagt Jo. Er ist ein sorgfältiger Mensch, der die Dinge auseinanderzuhalten versucht. Er glaubt, er könne die Dinge beurteilen und die Menschen einschätzen. Ungefähr jedenfalls. Aber da hat er sich geirrt. Er hat sie beurteilt und eingeschätzt, es geht ja nicht anders, jeder tut das, ein bisschen Menschenkenntnis bringt man doch mit nach all den Jahren, natürlich kann man auch einmal falsch liegen, jeder kennt das, natürlich kann man sich irren.

So kann man sich doch gar nicht irren, sagt Jo, ich kenne die doch, ich habe mit denen jahrelang, ich meine, wir sind seit Jahren miteinander, Ärger gab es nie, aber das heißt gar nichts.

Über die Chefin hast du dich geärgert, beharre ich, und die Sache mit Markus und mit dem Franzosen, das kam doch nicht aus heiterem Himmel.

Es ist wichtig, die Menschen beim Namen zu nennen. Sonst sind es plötzlich alle gewesen. Es waren nicht alle.

Was heißt heiterer Himmel, sagt Jo.

Wir wissen beide kaum noch, wie ein heiterer Himmel aussieht. Sicher sehr blau und mit frischen, wattigen Wolkentupfern. Im letzten Urlaub gerieten wir in eine Hochwasserkatastrophe. Zwei Wochen lang war der Himmel bleigrau, die Luft nasskalt. Die Kinder waren nach wenigen Tagen beide erkältet.

Das passt ja, sagte ich. Damals war ich noch diejenige, die sich beklagte.

Man kann auch im Regen Spaß haben, sagte Jo.

Wenn du meinst, sagte ich. Die Ferienwohnung ließ sich nicht heizen, es gab zwar Heizkörper, aber sie blieben kalt. Wir hätten die Tage im Bett verbracht, wenn die Kinder nicht um halb sieben aufgewacht wären. Wir wechselten uns ab. Einer schlief weiter, der andere stand auf und ging mit den Kindern durch den Regen zum Bäcker. Die Kinder trugen Regenhosen aus Gummi und glänzten wie abgeduschte Seehunde. Der Rotz hing ihnen auf die Oberlippen. Nachts wachten sie von ihrem eigenen bellenden Husten auf. Das Baby trank nicht mehr, weil es keine Luft bekam. Ich musste ihm die Milch löffelweise eintrichtern.

Wir kommen da nicht mehr raus, sagte ich.

Wieso denn. Jo wehrte ab. Wenn du so redest, dann bestimmt nicht.

Es hängt nicht davon ab, wie ich rede, sagte ich. Der Regen kümmert sich nicht um mich.

Und so ist es. Der Regen nicht, der Schnee nicht. Auch der Frühling kümmert sich nicht. Es schneit und schneit, alles biegt sich, Äste brechen ab, Leute rutschen aus, verspäten sich, verletzen sich, dann schmilzt es, die Feuchtigkeit steht auf den Straßen, dreckiger Matsch häuft sich auf den Fußwegen, wegmachen kann den keiner, weil er nachts überfriert, die Lippen sind rau und wund, es interessiert keinen, und wenn der Frühling kommt und die Amseln morgens schreien, die Krokusse und Schneeglöckchen und Winterlinge und Osterglocken durch die angefaulten Herbstblätter stoßen und die Pollen zu fliegen beginnen, dann muss man froh sein.

Du kannst nicht sagen, dass sich niemand kümmert, sage ich zu Jo und zähle alle Freunde auf, die seit der Kündigung angerufen, selbst gebackenen Kuchen gebracht, uns Weinflaschen und abgelegte Kleider für die Kinder geschenkt haben.

Nicht dass ihr Hartz IV wärt, sagen sie, wir dachten nur, ihr könntet es gebrauchen.

Hartz IV, sagt Jo und lacht. Es klingt so atemberaubend. Manchmal müssen wir sogar lachen. Besser, sie kommen, als dass sie nicht kämen. Sie umarmen uns und sagen, so ein Pech, aber das ist nur eine Frage der Zeit, ihr kommt da wieder raus, wir drücken euch die Daumen. Es ist gut, dass sie das sagen, sie sollen es ruhig sagen, was sollen sie auch sonst sagen. Helfen wird es nicht.

Wenigstens kommen sie, sage ich zu Jo, allein willst du auch nicht sein.

Woher willst du das wissen, sagt er.

Weil ich dich ein bisschen kenne, sage ich.

Er: Das denkst du immer.

Ich: Tu doch nicht so rätselhaft. Wir sind seit sieben Jahren verheiratet.

Er: Und das gibt dir ein Recht, meine Gedanken zu lesen.

Ich: schweige.

Er: Jetzt bist du beleidigt.

Ich: Du willst mich gar nicht kennen.

Er: Als Fremde gehen wir durchs Leben.

Mal sehen, wann sie aufhören zu kommen. Spätestens, wenn wir Hartz IV sind, sagt Jo. Ich verbiete ihm solche Gedanken. Das ist zynisch, tadele ich ihn und tadele ihn umso strenger, weil ich das Gleiche gedacht habe, das sind unsere Freunde, sage ich, du kannst nicht anfangen, alles zu hinterfragen, ein bisschen Menschenkenntnis bringt man doch mit nach all den Jahren.

Wenn ich durch das Haus gehe, überlege ich, was wir mitnehmen würden, wenn wir ausziehen müssten.

Weil wir in eine kleine Wohnung zögen, könnten wir das Klavier nicht mitnehmen, auf dem Jo nicht spielt. Wir könnten auch die Meerschweinchen nicht mitnehmen und die Bücher nicht, zumindest nicht alle, wir brauchen ja auch nicht alle, wir brauchen auch all diesen Platz nicht, es ist reinster Luxus, der den meisten nicht vergönnt ist. Ich darf es nicht laut sagen, nicht vor anderen jammern, wie kann man über den Verlust von etwas jammern, das die meisten gar nicht besitzen. Hauptsache, ihr seid gesund.

Am schlimmsten wäre es für Mona. Sie sagt, das Haus sei ihr Freund. Ich sage ihr, man soll nicht an den Dingen hängen, aber für sie ist das Haus kein Ding. Hallo Haus, ruft sie, wenn sie aus dem Kindergarten kommt, und legt lauschend den Kopf schräg. Dann lacht sie zufrieden und erklärt mir, was das Haus am Morgen alles erlebt hat. Es hat sich vom Nieselregen am Dach kitzeln lassen, und als es müde war, hat es sich rechts und links an seine Freunde angelehnt. Gut, dass wir ein Reihenmittelhaus haben.

Ich habe mich lange dagegen gesträubt, und nun habe ich mich daran gewöhnt. An Bequemlichkeit gewöhnt es sich rasch. An die Nachbarn, das Grillen, den Gemeinschaftsrasenmäher. An die Mülltage, das Federballspielen auf der Spielstraße, den Wein auf der Terrasse. Gewöhnung kann Glück sein.

Andere haben gar kein Haus.

Oder nie Arbeit gehabt.

Oder eine schreckliche Krankheit.

Also könnte es schlimmer sein. Jetzt, wo es so weit ist, denke ich, es könnte schlimmer sein. Jo, der jahrelang gekämpft hat, findet, jetzt, wo es so weit ist, seine Kraft nicht mehr. Er ist aufgebraucht. Man könnte auch sagen: Etwas in ihm ist zerbrochen.

Mona will mit ihm spielen, sobald sie nach Hause kommt. Ist Papa da, ruft sie, und ohne sich zu wundern, warum er nun immer da ist, stürzt sie zu ihm und setzt sich auf seinen Schoß.

Wir haben ihr erklärt, dass Papas Arbeit nicht

gut ist und dass er sich eine andere suchen muss. Sie hat abwesend genickt und ihm ins Ohr geblasen, bis er lachte.

Eine andere Arbeit. Vielleicht Forscher. Tierschützer. Tänzer. Doktor. Maler. Tierschützer. Tierdoktor, oder, Papa?

Mal sehen, mein Stern, sagte er und schaute ihr zu, wie sie sich vor dem Sofa drehte und drehte, bis sie anfing zu taumeln und kichernd zu Boden ging. Das Baby saß aufrecht neben den Zeitungen und zerriss die Seiten einzeln, langsam.

Schau mal, sagte ich zu Jo und nickte zum Baby hinüber. Aber Jo schaute immer noch auf das Sofa, wo eben noch Mona getanzt hatte, sie war inzwischen weggesprungen und blätterte in einem Buch. Unverwandt starrte Jo nach vorne, als sähe er sie noch. Jo, rief ich und stieß ihn an, rüttelte an seiner Schulter. Ja, was ist denn, sagte er leise und drehte langsam den Kopf zu mir.

Warum kann er nicht schlafen

Das ist doch noch nicht der Morgen, denke ich, das kann gar nicht sein, alles ist dunkel, noch kein Fenster erleuchtet. Das Baby hat sich geirrt. Aber das Baby irrt sich nicht. Seine Augen, das sehe ich im Dämmerlicht, als ich den Kopf zum Gitterbett drehe, wo das Baby sein Gesicht an die Stäbe presst, sind weit aufgerissen. Es hat sich hochgezogen und hält sich mit beiden Händen am Gitter fest, wippt in den Knien.

Noch sagt es nichts. Es blickt mich an, jedenfalls schaut es in meine Richtung. Gleich wird es anfangen zu sprechen, seine eigene unnachahmliche frischgeborene Sprache, die es mit großem Ernst in den Raum schleudern kann, verschlungene Silbenfolgen, unwahrscheinliche Konsonantencluster aus einer Zeit, als die Sprache gerade neu erfunden war. Man darf ihm darauf nicht mit ähnlichen Nachbildungen antworten, sonst verstummt es. Mona versteht sich auf die angemessene Tonlage, stolz lauscht sie dem erregten Stimmchen und setzt das Gespräch fort.

Ja genau, ruft sie, heute Morgen hat Papa dir die Zähne geputzt, dabei hast du doch erst vier. So spinnt es sich fort, ein Kammerkonzert aus Kinderstimmen. Die Zahnpasta schmeckt scheußlich, nicht wahr. Das Baby saugt hörbar die Luft ein und sammelt sich für den nächsten Sprachschub.

Da, murmelt es und wippt heftiger, und ich sehe nun, dass in den anderen Häusern doch schon hier und da Licht brennt, halb sechs wird es sein oder sechs. Joachim liegt zusammengekrümmt in seine leichte Sommerdecke eingewickelt, obwohl es Februar ist und wir bei offenem Fenster schlafen. Er trägt eine innere Wärme in sich, die ihn selten frieren lässt und ihm warme, trockene Handflächen schenkt, nachts liegt er in einer Insel aus Wärme und schwitzt.

Mona hat Joachims Wärme geerbt und wehrt sich gegen Winterjacken, dicke Schals und Handschuhe, die man ihr immer wieder überstülpt, weil Fünfjährige im Winter warm angezogen zu sein haben und weil die Erzieherin angemessene Kleidung einfordert, alles andere wäre fahrlässig. Aber Mona zeigt geduldig ihre Hände, legt sie den zweifelnden Erwachsenen sogar immer wieder an die Wangen, verlässlich warm wie gebackene Kastanien, ihr Nacken wie frisches Brot.

Jo müsste das Baby auch gehört haben, sein Schlaf ist fein gesponnen und leicht zerrissen. Aber heute Morgen regt er sich nicht, er hat wohl in der Nacht wieder wach gelegen wie oft in den letzten Monaten.

Warum kann er nicht schlafen. Wie alle anderen auch. Dann wäre er morgens ausgeschlafen, ich könnte auch noch Schlaf gebrauchen. Das frühe Aufstehen verbraucht die Kräfte, noch bevor der Tag überhaupt begonnen hat.

Es hat schon Tage gegeben, an denen ich am

Küchentisch oder über Bilderbüchern eingenickt bin, einmal sogar beim Vorlesen.

Mona saß an mich gedrängt, mit dem leeren Blick, der Platz für die Geschichten lässt, und hing an meinen Lippen. Ich merkte, wie mir beim Lesen die Zunge schwer wurde und gegen die Zähne anschlug, die Worte ließen sich nicht mehr aussprechen, sie verwischten. Ich muss gelallt haben und in mich zusammengesackt sein, denn Mona riss mich am Ärmel, Mama, was hast du denn, du sprichst so komisch.

Leise schlage ich die Bettdecke zurück.

Dadn, sagt das Baby heftig, aber nicht unfreundlich und reckt den Kopf in die Höhe. Als ich es hochnehme, leicht in die Knie gehend und den Beckenboden anspannend, wie ich es gelernt habe, um das Gewicht überhaupt heben zu können, schlägt mir der süßlich-faulige Windelgeruch entgegen, der uns seit fünf Jahren begleitet. Das wurde ja wohl Zeit, murmele ich und spüre die Kraft in den Achseln des Babys, schon lange kein schlaffes Körperchen mehr, kein weiches Tier, um dessen Atemzüge man nächtens fürchten muss, dem man im Schlaf die Hand auf den Brustkorb legt, um sicherzugehen, dass er sich hebt und senkt.

Bald bist du kein Baby mehr, flüstere ich und

lasse es auf meinem Unterarm sitzen. Es drückt sich mit den Armen von meinen Schultern weg, um mir forschend ins Gesicht zu schauen. Dann drängt es sich wieder an meinen Hals, als hätte ich eine Prüfung bestanden. Ich presse es an mich und spüre, wie es mit einem fast unhörbaren Lachen den Druck zurückgibt, und wenn ich lockerlasse, hält es gespannt den Atem an.

Im Haus gegenüber lehnen die frisch geduschten Nachbarn an der Küchentheke, jeden Morgen versammeln sie sich um die Espressomaschine, die im Halogenlicht leuchtet wie ein großes Spielzeug, lachen und fahren sich mit den Fingern durch die feuchten Haare, glänzend gespiegelt in der zimmerhohen Fensterfront. Jeden Morgen stehe ich am Kopf der Treppe und schaue hinüber auf die fröhliche Lagebesprechung, die überscharf ausgeleuchtet im Halbdunkeln schwebt.

Vorsichtig gehe ich die Stufen hinunter, das Gewicht des Babys und die müden Beine lassen mich schwanken.

Mit einer Hand halte ich mich am Geländer fest, während das Baby mit gestrecktem Zeigefinger um sich zeigt, auf die Wände, die Straßenlaterne vor dem Haus, Monas geschlossene Zimmertür, die mit Pferdepostern aus der Apotheke und aufwendig verschnörkelten Namensschildern geschmückt ist. Mona kann noch nicht schreiben, aber sie lässt sich von uns die Buchstaben vormalen und kopiert sie mit zäher Genauigkeit. Es dauert ewig, das ist ihr egal, sie beugt sich über ihr Bild, füllt mit winzigen Strichen des dünnen Filzschreibers die Buchstaben aus und lässt sich weder durch Mahlzeiten noch durch Ermahnungen beirren. Wenn ihr das Ergebnis nicht gefällt, steht sie auf, knüllt es mit einer einzigen Bewegung zusammen und wischt die Stifte vom Tisch.

Das Baby auf den Wickeltisch. Gleich legt es den Kopf in den Nacken und bläst die Backen auf, um das Mobile anzupusten, aber es kann seine Lippen noch nicht spitzen und bringt nur ein spuckiges Blasen zustande. Ich lege die Wange an seine dicken Backen, schaue mit ihm zusammen nach oben und blase, bis sich die gelben und roten Vögel mit ihren Federschwänzen in Bewegung setzen. Maratnn, sagt das Baby zufrieden und prustet noch einmal nach oben, während ich seinen Schlafanzug aufknöpfe, dann beugt es sich nach vorne und legt seine Stirn gegen meinen Kopf und hält still. Kurz verharren wir so, eine Umarmung ohne Arme. Heute ist Valentinstag.

Gestern habe ich eine gelbe Rose besorgt und sie im Keller versteckt. Als ich die Vase nach oben ins

Küchenlicht bringe, wo das Baby Kartoffeln ausräumt und einzeln mit den Lippen berührt, sehe ich, dass sich die Ränder der Blütenblätter, gestern noch fest nach oben gefächert, welk nach außen wölben. Ich rücke die Rose zurecht und stelle sie neben Jos Teller.

Als Mona herunterkommt, umgeben von schlaftrunkener Düsterkeit, ist das Baby schon gefüttert, greift nach einzelnen Haferflocken in seiner Breischüssel.

Muss ich heute in den Kindergarten, fragt Mona, obwohl sie die Antwort kennt. Ihre dicken blonden Haare sind am Hinterkopf verfilzt. Sie kniet auf dem Stuhl und stützt das Kinn auf ihre runden Hände.

Heute wolltest du doch dein Schwein fertigbasteln, sage ich fröhlich, und ihr geht sicher raus, wir müssen deine Matschhose einstecken. Mona schweigt mit der gleichen Entschlossenheit, mit der sie ihre Bilder ausmalt, schaut aus dem Fenster und zwirbelt eine Haarsträhne um den Finger. Erst als das Baby ihr den Breilöffel ans Kinn haut, lacht sie mit einem Mal und verwandelt sich im Laufe einer Sekunde in eine strahlende Fünfjährige, in ihren Backen halbmondförmige Grübchen. Sie klemmt sich die Haare hinter die Ohren und verengt die Augen zu Schlitzen, du Kleckerliese, Breiliese. Sie schwenkt den Löffel vor dem Baby hin und her, bis es gluckst.

Wieso hast du die Blume da hingestellt.

Weil heute Valentinstag ist, sage ich.

Was ist das, fragt Mona, und als ich es ihr erkläre, will sie auch eine Blume für Jo besorgen, schon hat sie einen einzelnen Gummistiefel übergezogen, um draußen im winterlichen Gehölz, zwischen den schwarz vergammelten Laubresten und feuchten Stielen, nach einer Rose zu suchen.

Wir haben doch Rosen im Garten, ruft sie, solche weißen, doch, die hol ich jetzt, doch doch, und sie nickt heftig.

Ja, aber nicht im Februar, es blüht ja nichts, zieh dir den Stiefel wieder aus.

Es ist immer noch nicht richtig Morgen geworden, obwohl sich die Szene von gegenüber schon aufgelöst hat und jemand sein Mofa aus der Garageneinfahrt schiebt, die Arbeit hat längst begonnen.

Als wir aus dem Haus gehen, schläft Jo noch. Er bleibt jetzt oft länger im Bett. Eine leichte Verlotterung hat Einzug gehalten, vor der ja immer alle warnen, selten gemeinsames Frühstück, spätes Anziehen, man vergisst gelegentlich das Zähneputzen. Der Briefträger mustert ihn überrascht, wenn er am späten Vormittag in Hausschuhen und

Fleecehemd die Tür öffnet, das ist in diesem Stadtteil nicht üblich.

Als er vor drei Wochen mit der Kündigung nach Hause kam, gab er sich kämpferisch. Er warf den Briefumschlag auf den Küchentisch und sagte, sie haben es geschafft.

Was denn, sagte ich. Ich wusste wirklich nicht, was passiert war. Es gab keine Vorwarnung, keine Abmahnung, nur Jos jahrelanges Unwohlsein, Spannungen, gelegentliche Zusammenstöße mit der Chefin.

Den anderen geht es genauso, versicherte er mir immer, T. und A., die haben auch alle zu kämpfen. Vielleicht war es die Sehnsucht nach Rückendeckung, die ihn blind gemacht hat. Oder es gab wirklich nichts zu sehen.

Wer ist sie, und was haben sie geschafft, fragte ich.

Entlassen, sagte er, fristlos.

Ach, komm.

Ich suchte in seinem Gesicht nach dem Ernst der Lage, aber er hatte sich abgewandt, schaute auf die Straße hinaus und sagte laut, wir nutzen die Zeit. Wir machen jetzt endlich, was uns Spaß macht. Ich kann lesen, schreiben, ein Instrument lernen, endlich kann ich wieder laufen, jetzt haben wir wieder Zeit.

Du, sagte er gegen das Fenster, du kannst wieder mehr arbeiten, du kannst ein paar Übersetzungen annehmen, es wird dir guttun, du kannst auch wieder mehr lesen, schreiben, ein Instrument lernen, jetzt haben wir wieder Zeit.

Am nächsten Tag kaufte ich das Klavierbuch.

Neulich hat er im Kindergarten mit Monas Gruppe Salzteig gemacht, sie saßen um einen großen rot lackierten Tisch, alle Kinder kneteten Brezeln und Schlangen, bis Jo einen Totenkopf und eine runde Zwergin mit großen Brüsten formte, und auf einmal beugten sie sich aufgeregt kichernd über ihre Klumpen und kneteten Teufel, Knochen, Dolche, aber auch Kühe und Autos, am Ende gruppierte sich ein salziges Volk in der Mitte des Tisches, Nashörner lehnten an dicken Herzen, Türme und Drachen sackten langsam in sich zusammen.

Die Eltern bringen immer schöne Impulse, sagte die Erzieherin zufrieden. Mona saß auf Joachims Schoß und lehnte sich an ihn.

Das hättest du vor einem halben Jahr nicht machen können, erinnerte ich Jo.

Ja, sagte er, da hast du wohl recht.

Jetzt kannst du doch lesen und bei deinen Töchtern sein.

Er könnte lesen, aber er tut es nicht, oder kaum. Wenn er mit einem Buch auf dem Sofa liegt oder am Schreibtisch sitzt, schweift sein Blick ab, er greift zum Bleistift und macht winzige Notizen, als wolle er sich das Lesen beweisen. Manchmal geht er in die Bibliothek und ist stundenlang verschwunden, kommt aber ohne Bücher nach Hause.

Nicht nachfragen. Nichts sagen. Ihn nicht belagern.

Was treibst du, warum sagst du nicht, was los ist, mir musst du es sagen, wenigstens mir.

Ich muss gar nichts.

Am Anfang, nachdem wir aufgewacht waren und aufgehört hatten zu lächeln, haben wir dauernd geredet.

Ich will bloß wissen, was los ist.

Du weißt doch, was los ist.

Die dicken Reifen des Kinderwagens gleiten über den Rollsplitt, den Arbeiter jeden Tag auf den überfrorenen Fußwegen auskippen. Das Baby lehnt sich weit über den Rand und starrt auf den knirschenden Boden, der unter ihm wegspult, ich bin nicht sicher, ob es das Gleichgewicht halten kann. Ich zerre an seinem Schneeanzug, um es wieder gerade zu rücken. Es schüttelt sich unwillig und beugt sich sofort wieder aus dem Kinderwagen.

Mit der einen Hand halte ich seinen Ärmel, mit der anderen schiebe ich, während Mona plötzlich losredet, sie haben im Kindergarten Pappmaschee gemacht.

So haben wir gematscht, sagt sie und bleibt stehen, bewegt die Finger in der Luft und macht schmatzende Geräusche.

Guck, so, und sie fährt mit den Händen durch die Luft.

Ja, komm weiter, sage ich. Dann bleibe ich stehen. Es ist sinnlos, sich zu beeilen. Ich schaue in Monas angestrengtes Gesicht, auf die heftig die Luft knetenden Finger. Ich gehe in die Knie und warte, bis Mona fertig ist, und sage, ohne sie zu umarmen, sehr ernst, ja, das sieht sehr gut aus. So wird es sicher gut.

Klar, ruft Mona, es ist ja schon fast fertig, und plötzlich wendet sie sich ab und rennt voraus.

Am Kindergarten werden die anderen Mütter unausweichlich, sie verlangsamen alle das Tempo, als hätten sie aufeinander gewartet. Nur die Väter in ihren abgebürsteten Bürokleidern bahnen sich knapp grüßend eilige Schneisen durch das Gedränge aus weinenden Kindern und verkeilten Kinderwägen. Es sind die, bei denen alles glatt geht, alles bestens, ja danke, alles bestens, doch, es läuft ganz gut, manchmal ein bisschen viel, manchmal zu wenig Zeit für Sport und Freizeit, für Kinder und Reisen, aber im Ganzen kann man ja froh sein.

Ich schäme mich, der Neid, der mich bitterlich zu Boden schauen lässt, ist hässlich. Es stimmt ja auch nicht, so einfach kann das gar nicht sein.

Auch mir sieht niemand an, dass mein Mann zu Hause wartet, dass er vielleicht sogar noch schläft, dass er kein Geld mehr nach Hause bringt, dass wir in diesem Sommer nicht in Urlaub fahren werden.

Du siehst ein bisschen übernächtigt aus.

Monas Freundin Luzi zeigt eine Holzperlenkette herum, die sie gerade aufgefädelt hat, und die Erzieherin sucht in der Besenkammer nach Taschentüchern. Mona steht versunken neben Luzi und starrt auf die Kette.

Gefällt dir das.

Mona hört nicht, sie ist eingefroren in die Betrachtung und nickt zum Abschied abwesend, ohne den Blick von den Perlen zu heben. Das Baby, den Mund halb geöffnet, die Augen weit aufgerissen, trinkt die Stimmen, das Rennen und Rangeln Dutzender Kinder und raunt mit tiefer Stimme vor sich hin. Mona steht schmal und still neben Luzi. Noch einmal mit der Hand über ihr Haar fahren, sie berühren, ihr den Segen geben für einen langen Vormittag. Natürlich ist sie gut aufgehoben. Sie braucht mich nicht. In diesem Moment braucht sie, umgeben vom Trampeln und Rufen der anderen, den Glanz der Perlen, Luzis immer verschleimten Atem an ihrem Ohr, die Vorahnung eines langen Morgens voller Spiel.

Ich drehe mich um. Ein winziger Ruck des Abschieds, der sich einreiht in andere Abschiede, ein Winken am Nachmittag, wenn Mona über die Wiese zu den großen Schaukeln rennt, eine rasche Umarmung.

Als ich zurückkomme, sitzt Jo am Küchentisch und kaut.

Mama, sagt das Baby laut und schwenkt die Arme.

Ich bin der Papa, murmelt Jo, ohne den Kopf zu heben. Ich will ihn nicht fragen, ob er sich über die Blume gefreut hat. Ich will nicht enttäuscht sein, dass für mich keine Blume auf dem Tisch steht.

Und, sage ich.

Und was.

Und hast du dich gefreut.

Ach so, sagt Jo, steht auf und umarmt mich, natürlich, mein Schatz. Natürlich habe ich mich gefreut. Sie ist wunderschön.

Sie verfault schon, sage ich.

Quatsch, sagt Jo und drückt mich an sich, während das Baby an unseren Hosenbeinen zupft, sie könnte schöner nicht sein.

Was in der Kündigung gegen Jo vorgebracht wird, ist erlogen. Sagt er. Natürlich glaube ich ihm. Ich weiß, dass er jahrelang gegen die Chefin gekämpft hat, ihre Erniedrigungen, das Aushorchen, Herumspionieren, die Demütigungen.

Er sagt, dass ihm seine Kollegen A. und T. beigestanden haben.

Oder sie haben ihn für die Chefin ausgehorcht und hintergangen.

Ich weiß nicht mehr, was stimmt.

Ich weiß nicht mehr, was gelogen ist. Ich weiß nur, dass ich Jo glauben muss.

Lies die Kündigung nicht, sagt er.

Warum nicht.

Du fällst vom Glauben ab, sagt er.

Was soll das heißen. Du kannst mir ja wohl alles erklären. Da gibt es nichts zu glauben. Du sagst mir einfach, wie alles war.

So einfach ist das nicht.

Solche Sätze verwirren mich. Es verwirrt mich, dass nicht alles, was Jo sagt, stimmt. Zum Beispiel hat er lange behauptet, ihm könne nichts passieren.

Mir kann man nichts, hat er mir versichert, wenn ich ihn bat, vorsichtiger zu sein, sich zurückzunehmen, vielleicht manches wegzustecken.

Willst du, dass ich kusche, fragte er. Eine unfaire Frage, die ich nicht beantwortete.

Was würdest du an meiner Stelle tun. Würdest du den Mund halten? Dich ducken? Die anderen ins Messer laufen lassen?

Willst du, dass ich krank werde?

Du bist ja schon krank.

Nach zwei Jahren meldete sich der Streit in Jos Körper zu Wort. Jo ging in die Knie, zum ersten Mal an Monas viertem Geburtstag.

Sie hatte vier Freundinnen eingeladen, die mit Pferdeschwänzen und kleinen Geschenken eintrudelten, verhaltenen Stolz in den Augen, weil sie schön waren und es wussten. Sie saßen um den Kaffeetisch und baumelten mit den Beinen, bald begann die Würde in Vergnügen umzuschlagen, sie blubberten mit den Strohhalmen Blasen in die Limonade, und Mona schmierte sich einen Kakaobart auf die Oberlippe. Ich hatte ihr die Haare zu Zöpfen geflochten, die etwas borstig vom Kopf abstanden, und sie hatte lange vor dem Spiegel verharrt und sich ernst ins Gesicht gesehen. Der Kochtopf für das Topfschlagen stand schon bereit, und dann wollten wir draußen eine Schatzsuche machen, nicht zu weit, weil ich schon schwanger war und mich nur noch langsam bewegen konnte.

Da ging die Tür auf. Joachim stand im Eingang. Mona drehte sich um, die Geburtstagskrone rutschte ihr in die Stirn, Papa, schrie sie, du kannst mitfeiern, Papa, guck mal, was Lisa mir geschenkt hat. Ich erhob mich auch halb, ich hatte nicht erwartet, ihn zu sehen, er hatte Termine bis zum Abend. Aber er sagte gar nichts, nun sah ich auch, dass er unglaublich blass war und nur deswegen stand, weil er nicht weitergehen konnte, mit geschlossenen Augen hielt er sich im Türrahmen fest und atmete laut.

Was ist denn, sagte ich leise, um die Kinder nicht aufzuschrecken, aber da riss er schon die Augen auf, stolperte an mir vorbei ins Bad und übergab sich ins Waschbecken. Die Mädchen merkten nichts und falteten Schiffchen aus den Servietten. Ich wartete, bis es im Bad still wurde, dann öffnete ich die Tür und sah ihn am Boden. Mir ist schwindelig, sagte er leise.

Du bist so blass.

Ich sehe nichts, alles ist verwischt.

Ich führte ihn die Treppe hoch und half ihm ins Bett. Er lag still auf dem Rücken und schaute an die Decke.

Ich sehe nichts, sagte er noch einmal, dann schlief

er ein und wachte erst abends wieder auf, als die Kinder abgeholt worden waren und Mona in ihrem Bett die Filzstifte, Bilderbücher und Plüschtierchen aufbaute, die sie geschenkt bekommen hatte.

Wenn ich sterbe, nehme ich die alle mit ins Grab, verkündete sie, dann kann ich gleich weiterspielen.

Jos Schwindel ist unberechenbar. Er hat sich untersuchen lassen, aber es gibt keine eindeutigen Befunde. Manchmal tritt er monatelang nicht auf, und wir vergessen ihn. Wenn er kommt, dann ganz plötzlich, oft am Wochenende, wenn wir eine Fahrt geplant oder Freunde eingeladen haben, oder mitten in der Woche, wenn ein wichtiger Termin bevorsteht, den ich dann für Jo absagen muss.

Der Ton der Sekretärin, die die Krankmeldung entgegennimmt, ist immer herablassend und vorwurfsvoll.

So, ist er also wieder krank, ja, da kann man nichts machen.

Der Hausarzt hat ihm viel Bewegung empfohlen und Entspannung und vielleicht Schwimmen und Yoga, und er hat ihm den Wein verbieten wollen, aber Jo trinkt trotzig jeden Abend sein Viertel, daran liegt es nicht, beharrt er, und ich weiß, dass er recht hat.

Es liegt daran, dass die Chefin ihn auf dem Gang nicht grüßte, sondern geradeaus an ihm vorbeischaute. Und daran, dass seine Post geöffnet wurde, wenn er im Urlaub war. Dass ihm alle Dienstreisen gestrichen wurden, und daran, dass er seit zwei Jahren Datenbänke anlegen musste, anstatt mit seinen Projektpartnern neue Konzepte zu erarbeiten.

Das macht jetzt jemand anders.

Daran, dass er die Briefumschläge nur noch abgezählt auf die Hand bekam und bei jedem Zuspätkommen eine Abmahnung befürchtete. Daran, dass sich plötzlich ein Ruf um ihn anlagerte.

Der ist unzuverlässig. Gar nicht so ohne ist der. Nicht der Einfachste. Nicht so gut zu haben.

Dem ging's schon mal besser. Da ist der Wurm drin. Der will mit dem Kopf durch die Wand. Mit dem ist nicht gut Kirschen essen. Und das geht nicht nur mir so, ich habe das von einigen Seiten gehört. Man hört, es lief schon mal besser mit ihm. Und ständig ist er krank.

Wieso weiß die Chefin, dass du etwas zu spät warst? Sie sitzt doch nicht in deinem Büro und wartet, bis du kommst.

Sie weiß es eben.

Man hört, dass du dir das Leben nicht ganz leicht machst, raunte Norbert aus der Werbung ihm auf dem vorletzten Betriebsausflug zu. Der Ausflug war eine Wanderung, auch die Chefin war dabei, in einen grünen Goretex-Mantel gehüllt, weil Regen angesagt war, warum sollte sie keinen grünen Goretex-Mantel tragen, das tun viele, wenn das Wetter schlecht ist, da ist doch nun wirklich nichts dabei, du siehst schon Gespenster.

Sie begrüßte alle Mitarbeiter persönlich. Außer Joachim. Der stand so weit hinten. Die anderen drehten sich nicht nach ihm um, aber Norbert gesellte sich zu ihm, als die Truppe sich in Bewegung setzte und nach den ersten Steigungen in verschiedene Lager zerfiel.

Wer sagt das.

Ich habe es eben gehört.

Natürlich mache ich mir das Leben nicht einfach. Es ist nicht einfach. Ich kann nicht mehr so arbeiten wie früher.

Die Dinge sind im Fluss, sagte Norbert, und es ist sicher klüger, nicht gegen den Strom zu schwimmen.

Was soll das denn heißen. Soll das eine Warnung sein.

Ach komm, rief Norbert, jetzt guck doch nicht so misstrauisch. Ein bisschen Vertrauen muss man schon mitbringen. Und er legte den Kopf in den Nacken und atmete die feuchte Luft ein, gut tut das, man müsste sich überhaupt viel mehr bewegen, Bewegung ist das A und O. Du läufst doch, oder?

Sie nimmt mir alle Projekte weg, sagte Jo, Sachen, die ich entwickelt habe. Die Städtepartnerschaften. Den Jugendaustausch. Sachen, die mir wichtig sind, verstehst du.

Sie ist die Chefin.

Das weiß ich ja, rief Jo, das kann sie gerne sein, aber ich habe keine Lust, von morgens bis abends Büroklammern zu sortieren, verstehst du.

Wir haben fünf Millionen Arbeitslose, sagte Norbert leise, und nun klang es wirklich nach einer Warnung, und dann fiel er etwas zurück und wartete auf die zwei Praktikantinnen, die mit ihren bunten Lederhalbschuhen nur langsam vorankamen.

Oben auf dem Berg lag der Gasthof in der Nachmittagssonne, sie hatten rot-weiß gestreifte Schirme aufgestellt, und alle schritten die letzten Meter schneller aus, Ausgelassenheit verbreitete sich, komm, wir essen Eis, trinken Limonade, sie drängten sich um die Holztische. Nur Jo war beklommen, obwohl er versuchte, es abzuschütteln, er hatte das Gefühl, keiner wolle neben ihm sitzen, und doch waren die Plätze um ihn herum sofort vergeben.

Wieso hattest du dann das Gefühl, dass keiner neben dir sein wollte?

Sie haben kurz gezögert.

Das ist doch immer so.

So nicht.

Das bildest du dir ein.

Ich habe doch Augen im Kopf! Claudi, das ist die eine Praktikantin, hat sich von mir weggedrängelt, und Norbert ist an einen ganz anderen Tisch gerannt und hat kein einziges Mal zu mir herübergeschaut, und Markus war da ja schon nicht mehr da.

Also konnte sich Markus gar nicht neben dich setzen.

Eben.

Also hast du allein gesessen oder nicht?

Nein, natürlich nicht.

Na also.

Die neue Chefin kam, groß angekündigt vom Verwaltungsdirektor, und wurde offiziell begrüßt, mit festlichen Blumensträußen, es gab einen Umtrunk.

Wir freuen uns sehr, dass diese Abteilung nach einer langen Zeit der, wie soll ich sagen, Orientierungslosigkeit nun wieder geführt wird, geführt von einer Frau, die nach vorne schaut. Die Visionen hat. Und die ihre Visionen auch Wirklichkeit werden lässt. She makes it happen.

Visionen, schimpfte Jo, der auf dem Empfang zu viel Prosecco getrunken und mit Markus in einer Ecke Befürchtungen gepflegt hatte. Wer dieses Wort im Munde führt, hat nichts zu sagen.

Aber sie hat es doch gar nicht im Munde geführt, sagte ich, das war doch der Verwaltungsdirektor, oder.

Da ist doch einer wie der andere, sagte Jo.

Findest du es hilfreich, deiner neuen Chefin so düster zu begegnen.

Du hast sie ja nicht gesehen. Sie sieht furchtbar aus. Jos Aussprache war leicht verwaschen, wie immer, wenn er zu viel getrunken hat. Sie sieht aus wie, wie eine Chemielehrerin, nein, wie eine Finanzministerin. Wie eine Polizistin.

Du hast einen in der Krone. Gib ihr eine Chance.

Lass mich doch mal vom Leder ziehen. Immer musst du mich zensieren. Du hast sie nicht gesehen.

Hier erklang zum ersten Mal der Refrain, der uns seitdem begleitet. Er kann verschiedene Formen annehmen, sich in unterschiedliche Wendungen kleiden und sich unter immer anderen Vorzeichen in unsere Gespräche drängen.

Er: Du warst nicht dabei. / Sei froh, dass du

nicht dabei warst. / Du hast keine Ahnung. / Du kannst dir das nicht vorstellen. / Das versteht nur einer, der es selbst erlebt hat.

Ich: Dann halte ich lieber gleich den Mund. / Dann gehe ich eben ins Bett. / Was soll ich da noch sagen. / Wie sollen wir denn überhaupt noch reden.

Er: Reden, reden, reden. / Worte sind eben nicht alles. / Immer dieses Gerede. / Dann geh doch ins Bett. Du siehst sowieso müde aus.

Ich: Wie meinst du das? / Du siehst auch nicht besonders aus. / Du willst dich nicht mitteilen. / Du willst nicht mit mir reden. / Nie redest du mit mir.

Er: Weißt du was? Geh schlafen.

Ich: Was ist denn das für ein Ton. In welchem Ton sprichst du eigentlich mit mir. Hör dir doch mal selbst zu. So würdest du mit keiner Putzfrau reden.

Er: Wieso Putzfrau. Ich liebe meine Putzfrau.

Ich: Mich aber anscheinend nicht mehr so richtig.

Er: Sag mal, verstehst du gar keinen Spaß mehr? Du hast deinen Humor verloren. Du hast diesen bitteren Zug um den Mund.

Ich: Ja wundert dich das?

Jo: schweigt.

Ich: Also liebst du deine Putzfrau mehr als mich?

Jo: lacht.

Ich: schweige.

Jo: Jetzt lach doch mal mit. Das ist doch nun wirklich komisch. Absurd. Völlig absurd.

Ich: Findest du?

Die Chefin bezog ihr Büro, bestellte sich einen neuen Schreibtisch aus Kirschholz, auf eigene Rechnung natürlich, fand, als der mächtige Schreibtisch geliefert wurde und den halben Raum einnahm, das Büro unangemessen klein und zog in ein größeres, das sich vorher Markus und die beiden Praktikantinnen geteilt hatten. Innerhalb von zwei Tagen mussten die Ordner, die Computer, die Drucker, der Kopierer, die Kaffeemaschine, die Stifte, Locher, Pinnwände, Stellwände, Briefumschläge, Zimmerpflanzen und die gesamte laufende Korrespondenz in Kisten gepackt und in ein braun gestrichenes Großraumbüro am Ende des Ganges getragen werden. Die Chefin bekam einen neuen Ficus und einen Übertopf aus weißem Porzellan.

Zwei Wochen später ging sie in Urlaub und sperrte Jos Mailkonto.

Nach fünf Wochen schaffte sie die wöchentlichen Mitarbeitertreffen ab. Sie traf sich nur noch einzeln, in ihrem Büro, mit denjenigen, die sie treffen wollte. Jo gehörte nicht dazu.

Damals klang der Refrain noch neu in meinen Ohren, und viele Antworten schienen möglich, überraschende Verästelungen, es war ärgerlich, aber interessant.

Das musst du ihr sagen, sagte ich, red doch mit ihr. Es ist ihr sicher noch gar nicht aufgefallen.

Jo lachte höhnisch, der Refrain blitzte in diesem Lachen: Er wusste mehr, ich hatte keine Ahnung.

Warum lachst du so unangenehm.

Gefällt dir seit neuestem mein Lachen nicht mehr. Ich sage dir, sie macht das absichtlich. Sie will uns auseinanderbringen. Manche werden bevorzugt, manche aussortiert.

Sie ist doch noch keine drei Monate da. Jetzt gib ihr doch mal eine Chance.

Hörst du überhaupt, was ich sage? Sie braucht keine Chance. Sie will alles kaputt machen.

Wenn du mich anfauchst, halte ich wohl lieber den Mund.

Ja, genau.

Ich schweige beleidigt, räume die Weingläser ab.

Was soll denn das nun wieder heißen.

Ich zucke beleidigt mit den Schultern.

Er sagt, ich denke, du willst immer reden. Dann rede doch jetzt.

Hör dir mal zu, sage ich giftig.

Muss ich ja wohl, wenn du es nicht tust.

So ging es eine Weile. Die Chefin kürzte, ordnete neu, ordnete um, restrukturierte, konzeptualisierte, rationalisierte. Jo erfuhr von den Veränderungen immer erst einige Tage später durch Markus, manchmal auch durch T. oder A. Er bat die Chefin um mehr Transparenz und erhielt keine Antwort.

Er ging drei Zimmer weiter, klopfte an ihr Büro, um über die Vorgänge zu sprechen. A., die eigentlich mit Jo das Büro teilte, öffnete die Tür einen Spaltbreit, machte ein bekümmertes Gesicht, als sie Jo sah, und fragte, hast du einen Termin.

Ich wollte nur rasch ein paar Dinge besprechen, sagte Jo.

Nein, nein, sagte A. entschuldigend, die Chefin steht ohne Termin nicht zur Verfügung.

Seit wann denn das, fragte Jo. A. legte einen Finger auf die Lippen, verdrehte komisch die Augen und zuckte mit den Schultern.

Aha, sagte Jo.

Du kannst ihr eine Mail schicken.

Eine Mail, rief Jo, hör mal, ich sitze zehn Meter von ihr entfernt, nicht mehr als drei Pappwände zwischen uns, also ich bitte dich.

Tja, sagte A. nur.

Und wieso, fragte Jo mich, wieso saß A. im Zimmer der Chefin.

Weiß ich doch nicht, rief ich, vielleicht hat sie etwas für sie erledigt, keine Ahnung.

Etwas für sie erledigt, murmelte Jo finster. Aber am nächsten Tag erzählte er mir von einem heiteren Kantinenessen mit A. und Markus. Am übernächsten von einer heiteren Bürowette, der erste deutsche Literaturnobelpreisträger, eine Flasche Sekt als Wetteinsatz. Es beruhigte mich zu hören, dass sie spielten und sich neckten.

Hat Markus auch mitgewettet, fragte ich.

Markus ist nicht in Stimmung.

Markus ist doch immer in Stimmung.

Markus hat den Kampf begonnen.

Zum ersten Mal hatte Jo das Wort Kampf benutzt. Bald war es aus unseren Gesprächen nicht mehr wegzudenken. Ich verabscheue es. Ich will die Veränderungen nicht Kampf nennen, in jedem Kampf fließt Blut, werden tödliche Verletzungen zugefügt, werden Dörfer zerstört und Menschen gejagt.

Tja, sagte Jo und zuckte mit den Schultern. Ich hatte ja keine Ahnung. Ich war nicht dabei.

Was heißt tja, schrie ich auf einmal, lauter als beabsichtigt.

Willst du etwa eure albernen Streitereien mit

richtigem Krieg vergleichen? Das wagst du nicht. Woanders erschießen sich Kinder gegenseitig, und du in deinem gut geheizten Großraumbüro redest von Krieg.

Warte ab, sagte Jo, und ich bekam es mit der Angst zu tun.

Ihr steht jetzt vor dem Nichts

Während ich die Frühstücksteller in die Spülmaschine stelle, zieht sich das Baby an der Besteckschublade hoch und hält sich am Griff fest. Es geht etwas in die Knie und bläst die Backen auf, dann streckt es sich, löst eine Hand vom Griff und steht fast gerade. Es prustet vor Anstrengung und dreht sich zu mir um, toll, rufe ich, Jo, schau mal, als es schon wieder, von der Drehung aus der Balance gebracht, loslässt und auf den Boden sackt.

Toll, sage ich noch einmal und knie mich neben das schnaufende Baby, das sich aber keine Zeit zum Ausruhen nimmt, schon dreht es das Köpfchen und schaut sich um, warm und etwas verschwitzt. Ich stelle die Spülmaschine an, das dröhnende Startgeräusch beunruhigt mich, weil ich fürchte, sie könnte kaputtgehen, wie auch die Waschmaschine kaputtgehen könnte, der Computer, die Espressomaschine.

Kein Mensch braucht eine Espressomaschine, sage ich laut zum Baby, das aber nicht einmal den Kopf hebt, es streckt den Zeigefinger aus und tupft vertrocknete Krümel auf seine Fingerkuppe, die es sich dann dicht vor die Augen hält.

Ich kann nicht sehen, was Jo macht, den Tisch hat er nicht abgewischt, gefegt auch nicht, wahrscheinlich liest er oben Zeitung, ich bin kurz davor, ihn herunterzurufen, damit er mir hilft, eigentlich hilft er gern, ich kann ihn ja nicht herbeizitieren wie einen Schüler, und außerdem ist heute Valentinstag.

Ich darf ihn nicht bedrängen, sagt meine Freundin Katrin, die ich anrufe, wenn ich vor Ungeduld nicht mehr weiter weiß, bedräng ihn doch nicht so, er ist jahrelang bedrängt worden, versuch dich doch mal in seine Lage zu versetzen.

Das versuche ich ja ständig, möchte ich rufen, und wer versetzt sich in meine Lage, aber mir ist ja nicht gekündigt worden, mir hat niemand zugesetzt, ich darf ja in meinen eigenen vier Wänden auf meine eigenen Kinder aufpassen, das ist doch nicht weiter bedrohlich.

Aber er tut nichts, sage ich zu Katrin, er könnte doch jetzt alles Mögliche machen, das wollte er ja auch, jetzt machen wir uns eine schöne Zeit, hat er gesagt.

Das hat er vielleicht gesagt, sagt Katrin, aber das kann er nicht im Ernst gemeint haben. Er steht unter enormem psychischen Druck, das darfst du nicht vergessen.

Aber manchmal ist es ja auch schön, sage ich, und es stimmt, manchmal gibt es Augenblicke, ein Spaziergang durch den hüfthohen Schnee, an einem Dienstagmorgen, niemand außer uns hatte Zeit zum Spazierengehen, Mona und das Baby auf dem Schlitten, heißer Ingwertee in der Thermoskanne, wir versanken bis zur Hüfte, aber der Schlitten mit den Kindern glitt über die Oberfläche, und wir lachten diebisch, als hätten wir die Schule geschwänzt. Später am Nachmittag bauten wir einen mannshohen Iglu, zusammen mit einer Nachbarsfamilie, die Kinder bewegten sich tapsig in ihren Schneeanzügen, wir klopften Quader aus Schnee und türmten sie aufeinander, Jo stopfte die Fugen, ganz blass vor Kälte, und ich reichte ihm einen Tee, aber er wollte gar nichts, stand auf einer Kiste und verfugte die Decke, die gewölbt war wie bei einem richtigen Iglu.

Alles in Ordnung, Jo, rief jemand von draußen, aber er stand im blauen Licht, die Arme nach oben gestreckt, und hörte gar nicht.

Natürlich ist es manchmal auch schön, sagt Katrin, wie könntet ihr es sonst aushalten.

Es ärgert mich, wie Katrin über uns Bescheid zu wissen meint, ihre Bemerkungen geben mir das Gefühl, wir durchliefen eine Fallgeschichte, sie nimmt mir die Einzigartigkeit meiner Verzweiflung.

Wir sind nicht verzweifelt, sage ich zu Katrin.

Habe ich das behauptet, sagt sie.

Und was ist mit dir, sage ich, wie geht es dir. Aber dazu möchte sie sich nicht äußern, sie wiegelt ab, gut gut, am Wochenende war ich im Theater, aber das passt jetzt nicht zu eurer Lage.

Wir können doch nicht ständig über unsere Lage reden, rufe ich, das mache ich sowieso dauernd mit Jo.

Ich denke, ihr könnt nicht richtig reden.

Am besten kommst du uns mal besuchen, sage ich, dann kannst du mit ihm reden und dir selbst ein Bild machen.

Gute Idee, sagt sie, aber sie sagt es jedes Mal und war noch nicht da, obwohl es keine weite Fahrt wäre, sie hat keine Kinder und könnte sich schnell ins Auto setzen.

Im Moment liegt so viel Schnee, sagt sie, die Straßen sind zu. Stimmt, sage ich und schaue aus dem

Fenster, man kann die Straße gar nicht erkennen, auch die Vorgärten sind verschwunden, zwischen den Häusern eine einzige Schneefläche, durchbrochen von Schlittenspuren und Fußstapfen.

Ich nehme das Baby auf den Arm und zeige ihm den Schnee, aber sein Blick stößt auf etwas anderes Sehenswertes, den alten Weihnachtsstern, den Mona vor zwei Jahren gebastelt hat, der an den Ecken abknickt.

Ich habe ihn trotzdem wieder aufgehängt, ich kann ihre Dinge nicht wegwerfen, ich hüte sie in Mappen und Kisten und hole sie immer wieder heraus und zeige sie ihr und mir.

Ich höre, wie Jo oben die Zeitung zusammenlegt, ich weiß nicht, warum er zum Zeitunglesen nach oben geht, vor mir braucht er sich nicht zu verstecken.

Ich muss zum Sport, rufe ich nach oben, etwas lauter und dringlicher als nötig, und als ich im Schuhregal die Hallenschuhe nicht finde, beginne ich, die durcheinandergewirbelten Schuhe aus dem Regal zu stoßen, einzelne Gummistiefel hervorzuzerren, verbogene Hausschuhe, verdreckte Skisocken, leise schimpfend werfe ich alles auf die Fliesen, wie soll ich hier irgendetwas finden, warum räumt das niemand auf.

Warum schimpfst du so, fragt Jo, legt die Zeitung auf den Tisch und tritt hinter mich, und er legt eine Hand auf meine Schulter, ich könnte mich aufrichten, aufhören zu fluchen, mich von ihm umarmen lassen, aber ich beuge mich über die Schuhe, trete seine alten Wanderschuhe aus dem Weg.

Nichts findet man hier, wo sind meine Sportschuhe. Und mir kommen tatsächlich die Tränen.

Früher war ich unordentlich, und Jo liebte die Ordnung, zumindest auf seinem Schreibtisch und in der Küche, er kochte genau nach Kochbuch, aber immer etwas anderes, spanisch, italienisch, sogar afrikanische Rezepte probierte er, schnitt alles in gleich große Stücke und hielt sich Vorräte, Büchsen mit Kichererbsen und Bambussprossen, eingelegte Oliven, Kokosmilch. Er deckte den Tisch für uns, faltete Servietten zu Schwänen, oft stellte er frische Blumen dazu oder kleine Schalen mit eingelegtem Schafskäse und Butterröllchen.

Wir hatten noch keine Kinder, ich kochte fast nie, ich vergaß einzukaufen und besaß keine Kochbücher, in meinem Zimmer standen zwischen Büchern und Mappen alte Teetassen, lagen Tüten mit vertrockneten Croissants, meinen Papierkorb leerte ich erst, wenn das Papier über den Rand quoll. Ich war stolz darauf, ich hatte so viel Wichtiges zu tun, zu lesen, zu denken, zu schreiben, warum sollte ich kochen, Jo tat es ja und lud mich ein, in unserer eigenen Wohnung lud er mich ein, ich zog mich sogar manchmal um, und er nahm mich am Arm und führte mich zu Tisch und füllte Sekt in Gläser, und wir redeten und tranken den ganzen Abend und ließen dann alles stehen, fettige Schüsseln, halb volle Töpfe, und gingen ins Bett.

Inzwischen haben wir uns angewöhnt, alles gleich zu spülen, damit es morgens nicht so lange dauert, und Jo hat sich rosa Spülhandschuhe angeschafft, mit denen ich ihn anfangs geneckt habe, aber jetzt benutze ich sie auch.

Ich habe mir Ordnung angewöhnt, ich habe mir den Blick der Hausfrau angewöhnt, der rasch und gründlich über die Spüle, die Arbeitsfläche, über die Armaturen im Bad fliegt und sieht, was zu tun ist, Zahnpastaschlieren, Breispuren, Haarbüschel, Krümel, Reste, Flocken, Kratzer, jeden Tag von Neuem, man muss es schnell erledigen, sonst häuft es sich an. Das habe ich auch Jo erklärt, weil er jetzt genauso viel zu Hause ist wie ich, man muss den Milchtopf gleich ausspülen, habe ich gesagt, sonst kommt man nicht mehr hinterher, und Monas Kleider muss man jeden Abend zusammenfalten und weglegen, und das Altglas muss man jeden Tag wegbringen, sonst ist es nicht mehr zu schaffen.

Ich weiß nicht, hat er gesagt, findest du nicht, dass du etwas übertreibst.

Wieso, habe ich verblüfft gefragt.

Früher hast du doch auch nicht jeden Tag Altglas weggebracht.

Früher hatten wir ja auch keine Familie.

Also versucht Jo nun, meine neue Ordnung zu verstehen und mir dabei zu helfen, sie aufrechtzuerhalten, aber er hat nicht denselben Blick wie ich, er lässt halb gelesene Zeitungen und einzelne Socken und geöffnete Stifte liegen, es ist nicht weiter schlimm, und ich erledige es für ihn, meistens, obwohl er doch jetzt Zeit hätte.

Es gibt Wichtigeres, sagt er. Du hast dich verändert.

Ich gehe jetzt, sage ich und ziehe das Baby von der Sporttasche weg, die es vorsichtig betastet, den glänzenden schwarzen Nylonstoff, die Reißverschlüsse, es beugt sich darüber und berührt das Metall mit den Lippen.

So, sage ich, und das Baby wiederholt es, do, do, und wir winken uns zu.

Lass es dir mal richtig gut gehen, sagt Jo, ein großzügiger Wunsch, der mich aber gleich in den Widerspruch treibt, wieso gut gehen, ich mache Sport, nicht Urlaub.

Ach komm, sagt Jo freundlich, und ich fühle

mich schäbig und mürrisch und beneide ihn um die Erleichterung, die das Nichts ihm zu schenken scheint.

Ihr steht jetzt vor dem Nichts, hat seine Mutter festgestellt, und ich habe abgewiegelt, um sie und mich zu beruhigen, wieso denn Nichts, es gibt ja Arbeitslosengeld, und Jo findet sicher wieder etwas, und ich könnte auch wieder mehr arbeiten. Aber seine Mutter war auf merkwürdige Art zufrieden und wiederholte mehrere Male, wir stünden jetzt vor dem Nichts, und Jo widersprach nicht.

Jo bewirbt sich überall, rief ich, und der Personalrat nimmt sich der Sache an, und wir haben einen Rechtsanwalt, der überprüft alles, vielleicht klagen wir auch, wir müssen uns wehren.

Ich wurde immer eifriger, Jo und seine Mutter saßen stumm am Tisch, die Ähnlichkeit in ihren Gesichtern war schwer zu ertragen, und dann wedelte seine Mutter mit der Hand durch die Luft, als wollte sie etwas vertreiben. Diese Bewegung schien mir so abfällig, dass ich aufhörte zu reden und mich zum Baby hinabbeugte, damit niemand mein Gesicht sah.

Mürrisch steige ich auf das Fahrrad, an der Tür steht Jo mit dem Baby, das winzige Gesicht an seinen Schultern, einen Arm hat es um seinen Nacken gelegt, die Beine baumeln über seinen Unterarm.

Tschüss, Mama, ruft Jo, und das Baby öffnet und schließt die Faust mehrere Male, der Abschied fällt ihm leicht, und bevor Jo die Tür schließt, höre ich es glucksen. Das Gewicht der Sporttasche lässt das Fahrrad auf der vereisten Straße schlingern, ich fahre langsam über die glatte Fahrbahn, meine Augen füllen sich vor Kälte mit Tränen.

Wir sind eben Dickköpfe

Im Sportstudio ist es kühl, die Frauen tragen Pulswärmer und Stirnbänder. Einige Männer stemmen in der Ecke Gewichte, es sind immer die gleichen, die, die morgens Zeit haben. Die Frauen haben sich sorgfältig auf den Sport vorbereitet, sie haben die Haare zurückgebunden und frische weiße Handtücher um den Nacken gelegt. Ich fülle meine Trinkflasche am Wasserhahn und binde mir die Sportschuhe, es ist wichtig, sich vorzubereiten, eins nach dem anderen zu tun, eine Übung nach der anderen, jede Seite zehnmal, an guten Tagen fünfzehnmal, das geht schon, es wird immer leichter.

Die Halle ist sauber und weiß, es riecht nach Zitrone, überall gleichmäßige kraftvolle Bewegung,

Stemmen, Pumpen, Treten, maßvolles Schwitzen, die Geräte sind neu und glänzen noch, sie werden immer glänzen, sie sind aus unverwüstlichem Edelstahl. Nach jeder Übung tupfe ich mir das Gesicht, richtig heiß wird mir nicht, aber der Körper ist angewärmt, den Bauch ziehe ich ein wie alle hier und wie immer seit der Geburt des Babys, es ist zur Gewohnheit geworden.

Vielleicht ist auch die Chefin hier, denke ich und nicke einer älteren Dame zu, die tapfer zusammenknickt und sich dann mit Gewichten im Nacken wieder aufrichtet, es sieht aus, als zwänge sie jemand in die Knie und ziehe sie dann an einem Faden wieder hoch. Jetzt hat sie ja mehr Zeit, die Chefin, der Kampf gegen Jo muss sie viel Zeit gekostet haben, vielleicht kommt sie morgens hierher und strampelt sich die Wut aus dem Leib.

Sie ist nicht wütend, behauptet Jo, das hat sie nicht nötig. Die Mächtigen brauchen sich gar nicht aufzuregen.

Ich möchte, dass er wieder läuft, er könnte auch hierherkommen, aber er sträubt sich, lass mich doch einmal machen, was ich will, sagt er, aber früher wolltest du doch laufen.

Als Markus kündigte, kam Jo schwindelig nach Hause und lag still und lang ausgestreckt im Bett, mit halb geöffneten Augen, wie ich es nur von Babys und Kaninchen kenne, unter den Lidern ein Spalt, durch den die Augen glänzten, aber er schien zu schlafen. Als der Arzt kam, um ihn krank zu schreiben, hatte er sich aber schon wieder mit Kissen im Rücken abgestützt und halb aufgesetzt.

Ich muss unbedingt ins Büro, vielleicht lässt sich noch etwas machen, wir könnten einen Protestbrief aufsetzen.

Und du meinst, dann holt sie Markus zurück.

Darauf kommt es nicht an. Man darf sich nichts bieten lassen.

Aber Markus hat doch selbst gekündigt.

Jo lachte nur, das Lachen des Kriegers, der aus der Schlacht kommt und Dinge gesehen hat, die er nie wird erzählen können, ich ertrug es nicht, aber ich durfte es nicht sagen und schaute weg.

Er stand auf, aber als er sich die Socken anziehen wollte, verlor er das Gleichgewicht.

Ich schaute zu. Ich erinnerte mich an früher, wenn einer von uns krank war und der andere sich dazu legte, in den fiebrigen Dunst des Kranken hineinlegte und die Stirn an die heiße Stirn des Kranken schmiegte und mit den Füßen die kalten Füße des Kranken umspannte und die Lippen an das Ohr des Kranken legte, das Ohr mit den Lippen streichelte und murmelte, kann ich dir etwas bringen.

Kann ich dir etwas bringen, fragte ich, kann ich dir helfen. Er saß auf dem Bettrand, ein Socken hing an seiner Ferse, der Blick leer nach vorne gerichtet, bis der Schwindel nachließ. Der Schwindel sei so, sagt er, als zerbräche die Welt in zwei an den Rändern zerfranste, pulsierende Flächen, die sich mit zunehmender Geschwindigkeit übereinanderschöben und wieder auseinanderdrängten, ohne je zur Deckung zu kommen, und er müsse versuchen, in diesem Flirren einen Punkt zu finden, auf den er schauen könne, ohne verlorenzugehen.

Ich finde, das klingt interessant, sagte ich.

Nicht, wenn du mittendrin bist, sagte er.

Ich nahm ihn an den Schultern und drückte ihn behutsam nach hinten auf das Kissen, dann deckte ich ihn zu und zog die Decke mit beiden Händen fest um ihn wie einen Kokon.

Die anderen unterschreiben sicher, sagte er leise, ohne Markus läuft doch gar nichts mehr.

Markus hat sich zu weit aus dem Fenster gelehnt, sagte ich.

Markus hat Widerstand geleistet, sagte er.

Dieses Wort darf in einem Großraumbüro, in der Stadtverwaltung, in diesem Jahrtausend so nicht verwendet werden, sagte ich, das geht nicht, das ist vermessen. Ihr seid mutig, aber ihr seid keine Widerstandskämpfer.

So siehst du das, flüsterte er, die Augen hatte er jetzt geschlossen, der Schwindel schien vorüber.

Ich meine, sagte ich, natürlich leistet ihr Widerstand, aber es geht nicht um Leben oder Tod.

Es gibt verschiedene Formen von Widerstand, beharrte er, es gibt verschiedene Formen von Leben und Tod. Er wollte sich das Wort nicht nehmen lassen, das verstand ich, denn es ist ein großartiges Wort, aber ich wollte es dennoch genau nehmen.

Wir leben in keiner Diktatur, wir riskieren nichts, ein bisschen Ärger auf der Arbeit ist kein Krieg, und ihr seid keine Helden.

Was heißt ihr, sagte er, Markus ist ja jetzt weg. Den hat sie rausgeekelt.

Was hat er denn gemacht.

Das weißt du doch. Nichts.

Aber irgendetwas muss er doch gemacht haben. Er ist weg, und du bist noch da, und A. und T. sind auch da.

Sie werden unterschreiben, sagte Jo, und sie unterschrieben wirklich, sie unterzeichneten einen Protestbrief, den Jo an die Chefin und den obersten Verwaltungschef schrieb, als er wieder aufstehen konnte. Der Brief würde Markus nicht zurückholen, aber er beruhigte Jo, weil er eine gemeinsame Maßnahme war.

Auch A. und T. waren aufgebracht über Markus' Weggang, sie äußerten ihren Unmut über verpasste Schlichtungsversuche, missglückte Kommunikation, mangelnde Moderation, mangelnde Mediation, mangelnde Transparenz.

Wir waren uns da einig, berichtete Jo erleichtert, sie sehen es genauso, wir werden nächste Woche mal zusammen ein Glas Wein trinken und überlegen, wie wir vorgehen können.

Aber nächste Woche war T. krankgemeldet, und A. hatte viele Abendtermine, und T. fand, man müsse erst mit Markus selbst darüber sprechen, und übernächste Woche war A. krankgemeldet, aber ohne A. hatte es keinen Sinn, sich zu treffen, und schon war Markus einen Monat weg und dann zwei, und schließlich musste er sich ein neues Leben aufbauen, man konnte ihm nicht mehr mit den alten Geschichten kommen, manchmal ist es auch gut, einen Schlussstrich zu ziehen.

Vielleicht solltest du das auch tun, sagte ich zu Jo.

Ich bin zu alt, sagte er. Und ich gebe nicht auf. Beharrlich, dachte ich, mutig, unbeirrbar, oder ich dachte, stur, hartnäckig, dickköpfig, oder ich dachte, tapfer, ausdauernd, zäh, beharrlich, stur, dickköpfig, unbeirrbar, tapfer.

Wir sind eben Dickköpfe, sagte seine Mutter, das liegt in der Familie.

Ich weiß nicht, wieso man darauf stolz sein muss, sagte ich und schaute zu Jo herüber, der schwieg, wie immer, wenn seine Mutter kam und in den Kühlschrank schaute und dem Baby Schokoladenstückchen in den Mund schob, die es nicht essen sollte, und im Gästeklo die Handtücher auswechselte, obwohl sie nicht dreckig waren. Er zuckte mit den Schultern.

In meiner Familie ist das anders, presste ich hervor und riss seiner Mutter das Baby vom Schoß, das sich gerade auf den breiten Oberschenkeln eingerichtet hatte und Schmatzgeräusche mit den Lippen machte, weil es wusste, dass Jos Mutter ihm gleich etwas ins Mäulchen stopfen würde.

Wenn jemand den Mund aufmacht, muss man etwas hineinstecken, so ist das in der Familie.

In meiner Familie nicht, sagte ich heftig, das Baby strampelte und machte sich steif, und Jos Mutter schnalzte, als sei es ein abgerichtetes Hündchen, aber es half, das Baby drehte den Kopf zu ihr und klackte mit der Zunge, so gut es konnte.

Lass gut sein, sagte Jo unbestimmt, ich wusste

nicht, ob er mich meinte oder seine Mutter, die schwerhörig ist und es in dieser Lautstärke nicht gehört haben konnte, also musste er mich gemeint haben.

Du glaubst, es gibt nur das eine oder das andere, kämpfen oder sterben, kämpfen oder stillhalten, kämpfen oder sich verbiegen.

Ja, sagte Jo. Alles andere sind Ausreden.

Also lebe ich mit Ausreden, sagte ich.

Ja, sagte Jo.

Aber du nicht.

Nein.

Ich starrte ihn an, er schaute auf das Baby, seine Mutter rieb mit dem Daumen an einem Rotweinfleck auf der Tischplatte herum, das müsst ihr mal abschmirgeln, dafür gibt es extra Schwämmchen, die sind wie Radiergummis, gar nicht teuer.

Jo und ich standen noch einen Moment eingefroren, dann drehte ich mich um, nahm einen Radiergummi aus der Stiftdose und schlug ihn mit der flachen Hand auf die Tischplatte.

Markus ist wie Jo, aber rascher, einfallsreicher und wendiger. Abends kam er oft herüber zu uns, er wohnte nicht weit, inzwischen ist er weggezogen, erst nach Köln, dann nach Hamburg, wir haben ihn, obwohl er Jos enger Freund war, aus den Augen verloren.

Er meldet sich nicht, klagte Jo anfangs in der Einsamkeit des Zurückgelassenen.

Er hat anderes zu tun. Er muss sich ein neues Leben aufbauen.

Wie macht er das denn. Was treibt er überhaupt. Sicher leitet er irgendetwas, ein Projekt, eine Einrichtung, das kann er.

Markus ließ sich nicht herumschubsen, sagte Jo bewundernd.

Du lässt dich auch nicht herumschubsen.

Ja. Nein, meine ich.

Markus und Jo saßen abends am Küchentisch und redeten über die Chefin. Markus traute ihr alles zu.

Sie kennt unsere Fähigkeiten, sagte er, wir sind ihr zu gut, das beunruhigt sie. Sie will uns kleinhalten.

Zur fünfhundertjährigen Jubiläumsfeier der Stadtgründung sollten Markus und Jo eine Veranstaltung konzipieren, prächtig sollte es werden, hatte der alte Chef gewünscht, Rundfunkorchester, Oberbürgermeister, Dichterlesung, Sektempfang, das Budget war stattlich, etwas, wovon die Stadt noch in zehn Jahren sprechen würde, hieß es.

Die neue Chefin kam. Markus und Jo überlegten, Anfragen liefen, Kostenvoranschläge, Räumlichkeiten wurden gesucht. Vier Wochen vor der

Feier, die Räume waren gemietet, der Empfang, die Reden und das Orchester bestellt, die Plakate lagen bei der Druckerei, erhielten Markus und Jo die schriftliche Aufforderung, die Veranstaltung an zwei neu eingestellte Kolleginnen zu übergeben.

Sie beugten sich über den Zettel, es war eine handschriftliche Notiz, rasch auf das Papier geworfen.

Sie lachten und schüttelten die Köpfe. Sie gingen mit dem Zettel zu den neu eingestellten Kolleginnen, die sich verlegen entschuldigten, aber ändern konnten sie es auch nicht, sie wollten es ja auch nicht ändern, sie wollten gern ein paar Erfahrungen mit großen Veranstaltungen sammeln, für sie war das eine Chance, das mussten Jo und Markus verstehen.

Jo und Markus klopften bei der Chefin, die außer Haus war. Sie setzten sich ins Großraumbüro und lachten fassungslos.

Das kann nicht sein, lachte Markus.

Das darf sie gar nicht, lachte Jo.

A. und T. hoben die Köpfe, lachten und nickten und empörten sich, als sie hörten, was geschehen war. Am nächsten Tag klopften Jo und Markus wieder bei der Chefin, diesmal war sie im Hause, aber nicht zu sprechen.

Sie hat den ganzen Tag Termine, sagte A.

Woher weißt du das, fragte Markus, bist du jetzt ihre Sekretärin. Sie hat es mir gesagt, sagte A., stand auf und schäumte Milch, damit sich alle bei einem guten Kaffee beruhigen konnten, das wird doch alles nicht so heiß gegessen, wie es gekocht wird, sagte sie, und T. sagte, seid doch froh, dass ihr das Ding los seid, das ist doch eine undankbare Sache, irgendetwas geht schief, und ihr seid die Dummen.

Ich mache das nicht zum ersten Mal, sagte Markus, da geht nichts schief.

Ach, bei dir geht nie etwas schief, sagte T.

Habe ich das gesagt, sagte Markus. A. reichte den Zucker herum. Markus nahm den Zucker, drehte ihn um und ließ die Zuckerwürfel auf den Teppich prasseln.

So, sagte er, sagte Jo, der mir später alles erzählte.

War das klug, fragte ich.

Klug, zischte Jo, klug, was ist denn das für eine Frage. Das war das einzig Mögliche. Deine verdammte Klugheit.

Er schimpfte auch, wenn Markus da war, aber Markus blieb ruhig. Er wusste von Anfang an, dass es keine Lösungen und wenig Siege geben würde. Nach zwei Monaten begann er, sich nach etwas Neuem umzuschauen.

Wir können uns das nicht gefallen lassen, wir müssen hier raus.

Meine Familie lebt hier, sagte Jo, ich bin zu alt, und wir mögen es hier.

Du wirst es nicht mehr lange mögen, sagte Markus.

Einige Tage nach dem verschütteten Zucker wurde Jo auf Markus' Zeitproblem angesprochen.

Jo, sagte T. in der Kantine, Markus hat ein Zeitproblem.

Was für ein Problem, sagte Jo.

Er kommt regelmäßig zu spät, sagte T., das muss dir doch schon aufgefallen sein.

Wieso, sagte Jo, na und, ich meine, dafür bleibt er oft viel länger als alle anderen zusammen, wer kümmert sich denn um diese fünf Minuten.

Also dich stört es nicht, fragte T.

Wieso fragst du denn, rief Jo, nein, natürlich nicht, Markus kann von mir aus erst am Nachmittag kommen, solange er die Arbeit so gut macht, ihr wisst ja, wie gut er ist.

So siehst du das, sagte T.

Ja, so sehe ich das, sagte Jo. T. stand auf und holte Nachtische, Milchreis mit Apfelmus, das gab es bei uns zu Hause jeden Freitag, sagte er, und jeden Donnerstag Erbseneintopf, und er lachte.

Wenn Markus Mona sah, sprach er mit ihr wie viele Erwachsene, die lange kein Kind mehr von nahem gesehen haben. Sie mochte ihn trotzdem. Er nannte sie Prinzessin.

Hochwohlgeborene Prinzessin, sagte er am Abendbrottisch zu Mona, was belieben Sie heute zu speisen.

Was, sagte Mona und schob sich ein Wurstbrot quer in den Mund. Ah, frisch erlegtes Wild, sagte Markus und klopfte auf ihre gerundeten Backen, bis sie lachte und Krümel flogen, und Jo lachte auch, und das Baby schüttelte vor Vergnügen den Kopf, bis die Haarsträhnchen ihm um die Stirn flogen.

Markus war auch für mich ein Trost, denn solange er das Gleiche erlebte wie Jo, wusste ich, dass es nicht an Jo lag. Trotzdem war ich bei den Krisengesprächen nicht gern gesehen. Sie räumten den Tisch frei, als bräuchten sie Platz für die Schlachtpläne, sie öffneten eine Flasche Wein, ich bekam auch ein Glas, aber dann beugten sie sich zueinander, senkten die Stimmen, redeten schnell und eindringlich von den Zumutungen und Demütigungen, und was man tun könnte, ihre Schläfen berührten sich fast, und wenn ich nachfragte, ließen sie sich nur ungern unterbrechen, wegschicken konnten sie mich nicht, aber ich gehörte nicht dazu. Auch als Markus dann weg war, gehörte ich nicht dazu.

Jetzt musst du mit mir reden, sagte ich, nachdem wir ihm beim Kistentragen und Renovieren geholfen hatten, jetzt ist er weg, und du musst mit mir reden.

Da bist du wohl froh, sagte Jo.

Ich habe die Chefin noch nie gesehen. Ich kann sie mir auch nicht vorstellen. Es gibt nichts an ihr, das ich mir vorstellen könnte, auch wenn es anfangs mein größtes Bemühen war.

Beschreib sie doch mal, sagte ich zu Jo.

Blondiert, sagte Jo, unförmig, verbiestert.

Hat sie lange oder kurze Haare?

Spielt das eine Rolle?

Für mich schon, ich muss sie mir doch irgendwie vorstellen, schließlich sitzt sie jeden Tag bei uns im Wohnzimmer.

Mittel, sagte Jo.

Ist sie allein? Hat sie eine Familie? Woher kommt sie?

Ist mir egal, sagte Jo. Oder meinst du, wenn sie einsam und unglücklich ist, kann man es besser mit ihr aushalten?

Warum tut jemand so etwas? Warum schlägt jemand so um sich?

Du kannst es nicht erklären, sagte Jo, und ich kann es nicht erklären. Es ändert nichts.

Vielleicht stand die Chefin schon einmal im Supermarkt vor mir in der Schlange, vielleicht hat sie mir schon einmal in der Straßenbahn einen Platz angeboten oder in der Sparkasse die Tür aufgehalten, vielleicht haben wir uns in der Drogerie zugelächelt.

Sie lächelt nicht, sagte Jo.

Als ich nach der Geburt mit dem Baby im Krankenhaus blieb, war ihm schwindelig. Die Geburt hatte er noch durchgehalten, hatte mir die Hand auf den Rücken gelegt, mir die Stirn abgewischt und das violette Gesicht und die platte Nase des frischgeborenen Babys berührt, dann war er nach Hause zu Mona und seiner Mutter gefahren, die ihm einen Jungen gewünscht hatte und aus ihrer Enttäuschung keinen Hehl machte.

Am nächsten Tag kam er mit Mona, die einen raschen Blick auf das Baby warf und dann begeistert den Plexiglaskasten durch die Flure schob, in dem das Baby lag wie ein blinder Nachtfalter, die Augen zusammengepresst. Er setzte sich auf mein Bett, lehnte sich an das Fußende und schloss die Augen.

Geht es dir nicht gut, fragte ich.

Doch, log er und umschloss meinen Fuß, alles geht gut, und er öffnete die Augen wieder, aber ich sah an seinem Blick, den er konzentriert auf die Decke über meinen Knien gerichtet hielt, dass die Welt in zwei Teile zerfiel und sich zitternd übereinanderschob.

Sag es ruhig, dir ist schwindelig.

Wo ist Mona, sagte er. Noch hatte er das Baby nicht aus dem Kasten genommen und mich nicht umarmt, eine Umarmung brauchte ich, auch wenn ihm schwindelig war, aber ich wollte ihn nicht bitten.

Die Nachwehen sind scheußlich, sagte ich, vielleicht würde ihn das erinnern, aber er starrte immer noch auf die Decke, dann presste er sich die Fäuste gegen die Stirn.

Freust du dich eigentlich, sagte ich, ich ließ nun nicht mehr locker, wenigstens an diesem Tag, am zweiten Lebenstag unseres zweiten Kindes, wollte ich umarmt und beglückwünscht werden, alles andere konnte warten.

Moment, flüsterte er, es ist gerade ganz schlimm, da riss eine Schwester die Tür auf, Herr Rühler, können Sie bitte nach Ihrem Kind schauen, der Flur ist keine Rennpiste.

Jo blickte um sich, als wüsste er nicht, woher die Stimme kam, dann stand er langsam auf, hielt sich am Fußende fest, drei Schritte bis zum Türrahmen.

Mona, rief er leise, komm her.

Die Schwester musste ihm ein Taxi bestellen, langsam ging er mit Mona, die mir nicht mehr zuwinkte, davon, beide drehten sich an der Tür nicht um, mir stiegen die Tränen in die Kehle, ich kannte das, Wöchnerinnen sind nahe am Wasser gebaut, das gibt sich wieder. Ich schaute auf das Baby im Glaskasten, das die Augen gar nicht aufmachte, spürte die Enttäuschung in der Kehle und die Falten des leeren Bauches unter dem Gummizug der Schlafanzughose und ein Brennen in den Brüsten, ich trank Mineralwasser ohne Kohlensäure und Kamillentee und Fencheltee und Milchbildungstee und wartete, dass die Milch kam, dass das Baby aufwachte, dass Jo kam.

Nachts wurde die nächste Wöchnerin ins Zimmer gerollt, eine große Frau mit einem laut schreienden, immer hungrigen Kind. Als es hell wurde, wünschte sie mir einen guten Morgen und zeigte mir stolz ihr Neugeborenes, und wie es mit dem Mund suchte und schnappte, es ist hungrig, sagte sie, es will immer trinken. Nach dem Frühstück bekam sie Besuch, viele Menschen drängten sich ins Zimmer, große Kinder vielleicht, Cousinen oder Geschwister, sicher fünf oder sechs, sie holten das Kind aus dem Kasten und reichten es herum, steckten ihm Finger in den Mund und lachten über sein saugendes Mäulchen, sie schauten auch in meinen Kasten, auf das schlafende, leicht eingekrümmte Baby und nickten mir zu, und mir kamen die Tränen.

Jo und Mona holten uns ab, ich ging langsam, mit heißen Brüsten und einem Brennen im Schritt, Jo trug das Baby in der Tragetasche, und Mona hüpfte um uns herum, zu Hause zeige ich dir, was ich gemalt habe, rief sie und ließ mich nicht aus den Augen, und ich zwang mich, nicht nach dem Baby zu schauen, wenn ihm schwindelig ist, dachte ich, stolpert er womöglich, vielleicht sollte ich es besser nehmen, aber Mona schob sich dazwischen, ich habe schon drei Bücher hingelegt, rief sie, oder zehn, die kannst du alle vorlesen.

Das machen wir, sagte ich und zwang meinen Blick vom Baby weg in ihr prüfendes Gesicht, wir setzen uns in den gelben Sessel und lesen ganz viel vor.

Und wenn es schreit, fragte Mona.

Papa ist ja da, der kann es dann nehmen, beruhigte ich sie und überprüfte rasch Jos Haltung, ein verlässlicher Schritt, ein fester Griff, ich muss mich auf ihn verlassen können.

Zu Hause schrie das Baby gleich, seine Stimme

war aber leise, kaum zu hören eigentlich, wenn man die Tür zumachte. Jo hatte Kuchen gekauft und eine Blume auf den Tisch gestellt, er verschwand gleich mit dem Baby, und ich setzte mich mit Mona in den gelben Sessel, wo wirklich schon ein Bücherstapel aufgeschichtet lag, und als sie sich an mich lehnte und ich an ihren Haaren roch, die nach Butter dufteten, immer noch der Geruch eines ganz kleinen Kindes, da stieg mir schon wieder Feuchtigkeit in die Augen, ich umklammerte Mona und fing an zu lesen.

Jetzt sind wir zu viert, sagte Jo abends und schenkte mir einen Sekt ein, den ich nicht trinken durfte, hast du das vergessen, ach komm, ein bisschen feiern, ich bewegte einen Schluck im Mund und hörte schon wieder das feine Greinen des Babys, dabei schlief es in seinem Korb. Ich konnte nichts sagen, es fiel mir nichts ein, es fühlte sich an, als zögen die Brüste mich nach vorne, ich stützte die Arme auf den Tisch und wollte nach Jos Schwindel fragen, aber ich konnte nichts sagen. Er legte mir eine Hand in den Nacken, und so saßen wir, zu viert in unserem Haus, an unserem Küchentisch, auf dem eine Lilie explodierte.

In den nächsten Tagen konnte ich den Blick nicht von ihm lassen, wenn er das Baby trug, er hielt es fest und behutsam, so wie er auch Mona gehalten hatte, aber ich stellte mir vor, der Schwindel überfiele ihn, oder eine plötzliche Kraftlosigkeit öffnete ihm die Finger und ließe ihn in die Knie gehen, oder er stolperte auf der Treppe, das Baby glitte ihm aus den Händen und schlüge auf die Stufen.

Ich sah es vor mir, der winzige weiche Körper sich überschlagend, in der Luft um sich selbst drehend, auf den Stufen, auf dem Boden, bis eine Wut auf Jo mich überkam, auf seine Schwäche, die zu einer Katastrophe führte, die gar nicht geschehen war, was dachte ich da, das war Irrsinn, nie mehr würde ich ihn dann lieben können.

Als das Baby zwei Wochen alt war, kam Katrin, damals kam sie noch öfter, ihre Besuche strengten mich an, weil sie Kinder nicht gewöhnt war und zurückzuckte, wenn Mona sich auf ihren Schoß warf und das Gesicht an ihren Hals presste und dazwischenredete, aber ich freute mich natürlich auch, sie brachte Bücher und Reisefotos, Geschichten von ihren Kollegen aus dem Verlag, für den auch ich gearbeitet hatte, die Namen kannte ich noch, die Geschichten von den Eigenarten des Chefs belustigten mich, weil sie keinen Schaden anrichteten, wir erinnerten uns an Mittagspausen und durchgearbeitete Nächte, kaputte Computer und den Dauerschnupfen auf der Buchmesse, inzwischen habe ich immer Schnupfen, sagte Katrin, es muss eine Allergie sein. Verschnupft beugte sie sich über das Baby und nickte mir zu, aber nehmen wollte sie es nicht, es ist zu klein, sagte sie, wenn es mir nun runterfällt, aber als ich ihr von meiner Wut auf Jo erzählte, tadelte sie mich.

Du darfst ihn nicht ständig beurteilen, sagte sie, du musst dir seiner sicher sein.

Du musst, du musst. Nichts ist sicher.

Katrin schüttelte tadelnd den Kopf, ich fand, dass sie Partei ergriff, dass sie sich auf Jos Seite schlug, sie sollte zu mir halten, du beurteilst mich, rief ich, kann denn nicht auch mal jemand nach mir fragen.

Was heißt zu mir halten, fragte Katrin, soll das heißen, du gegen ihn, muss man jetzt schon Farbe bekennen bei euch.

Du weißt nicht, wie das ist, rief ich, du hast das noch nie erlebt, du lebst friedlich vor dich hin.

Ach so siehst du das, sagte Katrin. Und wer fragt nach mir.

Du hast deinen Beruf, du hast deine Erfolge, du reist um die halbe Welt, rief ich und ahnte, dass ich aufhören sollte, aber ich musste immer weiterreden, in die halb aufgelöste Freundschaft hineinreden, schau dich doch an, hast du etwa einen

Hängebauch oder dicke Brüste, frei und ungebunden bist du doch, du hast keine Ahnung, wie es mit Kindern ist, mit einem Baby, mit einem Mann, der aus dem Krieg kommt.

Jetzt übertreibst du, sagte Katrin scharf und stand auf. Sie ließ immer die Schuhe an, alle anderen Besucher ziehen am Eingang die Schuhe aus, sie müssen es nicht, aber es ist erwünscht. Katrins Schuhe machten sie noch größer und höher.

Krieg, also weißt du. Die Kriege auf dieser Welt sehen anders aus. Ich sehe hier keine Einschusslöcher.

Man sieht sie nicht, sagte ich leise.

Katrin könnte ständig Sport machen, auch Jo, selbst die Chefin, alle könnten sich stärken und straffen, nur ich kann nicht tun, wonach mir ist, aber hier bin ich doch und ziehe einen Eisenbügel nach unten, ein Zittern in den Oberarmen, langsam entlasse ich ihn nach oben, spüre die Dehnung in den Achselhöhlen, zehnmal, fünfzehnmal mindestens. Die Dame neben mir schiebt einen Griff nach vorne und verzieht dabei ihren Mund, dann verharrt sie kurz, die Arme weit nach vorne gestreckt, mit schmerzlich verzogenem Gesicht, ich höre ihren Atem. Ich stehe auf, die Arme fühlen sich an wie langgezogen und baumeln ausgeleiert an meiner Seite, ich verschränke sie. Mein Atem geht schneller, die Bauchdecke pulsiert gegen die Unterarme. Das Sonnenlicht steht gleichgültig auf der schweigenden Arbeit der Körper, die Wände und verchromten Geräte blenden mich, ich kneife die Augen zusammen und spüre, wie ein Fächer winziger Falten in den Augenwinkeln aufreißt. Draußen vor den Panoramafenstern fädeln sich sonnenglänzende Autos auf den Zubringer, dahinter blitzen Schneereste und die Kräne einer Baustelle. Eine helle Geschäftigkeit, jeder hat etwas zu tun, auch ich habe mein Pensum noch nicht bewältigt. Langsam gehe ich zum Laufband.

Die Verlockung des Rechthabens

Markus war weg. Er wurde nicht ersetzt, die Arbeit wurde verteilt, und niemand sprach mehr über ihn.

A. übernahm die Städtepartnerschaften und den Jugendaustausch, T. koordinierte die Jubiläumsvorbereitungen.

A., T. und Jo waren ein Team. Ihre Schreibtische standen dicht beieinander. Trotzdem wurde es nicht zu eng, weil A. oft bei Besprechungen mit der Chefin war und T. oft bei Ortsterminen außer Haus.

Jo saß am Schreibtisch und arbeitete die Korrespondenz auf. Wenn alle gleichzeitig da waren, tranken sie Kaffee. Das Kaffeetrinken hieß Teambesprechung.

Ich möchte einiges auf die Tagesordnung setzen, sagte Jo.

Wir brauchen keine Tagesordnung, sagte T., so formal, das ist doch umständlich, oder willst du etwa Protokoll schreiben. Schieß einfach los.

Ich bin nicht ausgelastet, sagte Jo.

Kein Problem, sagte T. und winkte mit einem Aktenordner, und alle lachten. Auch Jo versuchte zu lachen.

Ganz im Ernst, sagte er, meine Stellenbeschreibung sieht nicht vor, dass ich Sekretärinnenarbeit verrichte. Ich will wieder in die Projekte einsteigen.

Was hast du gegen Sekretärinnen, sagte A.

Jo setzte die Kaffeetasse heftig auf die Tischplatte. Der Kaffee schlug über den Rand. Jo holte ein Taschentuch und wischte an den Kaffeespritzern herum.

Ihr wisst genau, was ich meine. Ich möchte gern mit der Chefin darüber sprechen.

Die Neuorganisation ist ganz im Sinne der Chefin, sagte T. Jo hob den Blick. Alle schauten ihn an.

Möchtest du noch Kaffee, fragte A.

Am nächsten Tag ging Jo früher als sonst ins Büro und wartete vor der Tür der Chefin, bis sie kam. Sie nickte ihm zu und eilte in ihr Zimmer, und er rief hinterher, könnte ich mal mit Ihnen sprechen.

Sie müssen sich einen Termin holen, rief die Chefin durch die schon fast wieder geschlossene Tür, oder schicken Sie mir eine Mail.

Aber Jo fasste die Klinke und rief durch den Türspalt, wir müssen unbedingt einiges klären, ich würde das gerne jetzt besprechen.

Nicht ohne Termin.

Jo bekam keinen Termin. Als er sich in der Kantine an voll besetzten Tischen vorbeidrängte und mit dem Fuß einen freien Stuhl heranschob, um sich zu seinem Team zu setzen, stand A. auf. Schon so spät, ich sollte zurück. T. sah auf die Uhr und nickte, wir machen dir Platz, Joachim, jetzt kannst du dich ausbreiten. Jo nickte ihnen hinterher und beugte sich über seinen Salat, da trat T. noch einmal an den Tisch, legte ihm eine Hand auf den Arm und sagte leise, du solltest dich bei A. entschuldigen. Jo ließ die Gabel sinken.

Deine Äußerungen sind manchmal unüberlegt, sagte T.

Was um Himmels willen meinst du denn, fragte Jo.

Du hast die Sekretärinnen beleidigt.

Was habe ich. Wen habe ich beleidigt.

Du weißt schon, rief T. über die Schulter. Frauen sind da empfindlich. Bitterer Nachgeschmack. Du weißt schon.

Jo blieb allein am Tisch, um ihn herum leises Reden, jemand ließ eine Gabel fallen. Jo verlor den Appetit. Er stellte sein Tablett auf das Fließband, ging nach oben, öffnete die Tür zu seinem Büro. A. und T. saßen um die Kaffeemaschine. Als er eintrat, verstummten sie.

Wen habe ich beleidigt, fragte er.

Seit Markus weg ist, tust du dich schwer im Team, sagte A.

Wen habe ich beleidigt.

Man kann das auch schriftlich austragen, sagte T.

Wen. Habe. Ich. Beleidigt.

Ich: Warum warst du so stur.

Er: Stur nennst du das.

Ich: Warum konntest du nicht ablassen.

Er: Du meinst, klein beigeben.

Ich: Nein, ablassen. Für dich gibt es nur schwarz oder weiß.

Er: Farbe bekennen.

Ich: Der Klügere gibt nach.

Er: Der Duckmäuser gibt nach.

Ich: Der, der überleben will, gibt nach.

Er: Der Mitläufer gibt nach. Der Arschkriecher gibt nach. Das sind Faschisten. Protofaschisten.

Ich: Und jetzt?

Am Ende halte ich die Trümpfe in der Hand. Und immer wieder spiele ich sie aus. Es gibt Momente, in denen ich die Verlockung des Rechthabens spüre, fast wie einen Drang, einen Druck, ich presse die Arme auf die Stuhllehne, richte mich auf, hole schon Luft, es kostet unglaubliche Anstrengung, nichts zu sagen, und dann sage ich es doch, es platzt heraus wie ein Husten oder ein Niesen, ich kann es nicht unterdrücken, und schon während ich spreche, breitet sich ein süßer Triumph in mir aus, durchwirkt von Scham, weil ich nicht stark genug war, um zu schweigen, weil jedes Rechthaben eine Kerbe schlägt, die schwer verheilt: eine Bitterkeit, die man lange schmeckt.

Und jetzt? Jetzt bist du draußen. Und die Arschkriecher sind drinnen.

Und das hältst du mir vor. Als wäre ich schuld. Du siehst nicht, was ich getan habe. Wie ich gekämpft habe.

Du hast uns den Boden unter den Füßen entzogen, sage ich. Du bist stolz und gerecht geblieben, tapfer und ehrlich. Und wir stehen auf der Straße.

Der Streit, der unweigerlich folgt, ist endlos, bitter und kreisförmig. Wir sitzen am Küchentisch, vor uns die leeren Weingläser, die Augen brennen vor Müdigkeit, wir wissen, wenn wir jetzt nicht ins Bett gehen, werden wir morgens nicht aufstehen können, wir müssen aber aufstehen. Wir müssen uns wieder vertragen, aber wir können uns nicht einmal anschauen, wir sind verstrickt in Vorwürfe, wir wissen es besser und haben es immer schon gewusst, und bald stehen wir auf der Straße.

Und wenn der schlimmste Satz gefallen ist, dann können wir, dann endlich können wir ins Bett.

Dann geh doch.

Aber heute ist Valentinstag, und als ich aus der Sporthalle komme, hat die Februarsonne die Oberfläche des Glatteises angetaut, ein Rauschen weht vom Zubringer herüber. Meine Finger sind kraftlos, und ich muss sie fest um den Lenker schließen, um nicht ins Schlingern zu geraten, langsam fahre ich nach Hause, in meinen Stadtteil, wo sich bunte Häuser in langen Reihen aneinanderlehnen, und in einem davon steht eine gelbe Rose in einer Vase, hat Jo das Mittagessen gekocht, sitzt das Baby im Hochstuhl, schlägt mit dem Löffel auf den Tisch und wiegt den Oberkörper hin und her. Vor den Häusern liegen noch die Müllsäcke, sodass die Straßen überfüllt aussehen, manche sind umgekippt, einige aufgerissen, als hätte jemand vergeblich etwas gesucht.

Als ich das Fahrrad abstelle, sehe ich durch das Fenster Jo am Herd, das Baby hockt auf seiner Hüfte und späht in die Töpfe, in denen Jo abwechselnd rührt. Ich sehe, wie es immer wieder den Kopf an Jos Schulter legt, sich dann vorbeugt und der Bewegung des Kochlöffels folgt. Ich freue mich an den aneinandergeschmiegten Gesichtern, dem Baby in Jos Obhut, an den sanften Bewegungen.

Als ich lächelnd die Tür aufdrücke und meine Sporttasche in den Flur stelle, dreht sich Jo zu mir um, er lächelt nicht, von seinem Kochlöffel tropft Tomatensoße auf den Herd.

Warum hast du das Fläschchen nicht ausgespült, sagt er.

Was willst du, sage ich.

In acht Wochen haben wir einen Termin beim Arbeitsgericht, sagt er.

Jo ist zu alt. Zwar hat er keine kahlen Stellen im Haar wie Markus, kein Fett am Bauch wie T., er ist Vater einer jungen Familie, er trägt sein Baby auf dem Arm, mit seiner Tochter hockt er auf der Spielstraße und malt mit Straßenkreide Lachgesichter auf den Asphalt. Er könnte Marathon laufen. Er könnte ein Instrument lernen. Er könnte mit dem Fahrrad um die Welt fahren. Aber für den Arbeitsmarkt ist er zu alt.

In meinem Alter, das weiß doch jeder, sagt er den Freunden, die neue Berufe vorschlagen, Stellen in anderen Städten, fang doch einfach noch einmal neu an. Die Freunde mustern ihn, suchen nach Zeichen des Alterns, er hält sich gerade, wenn ihm nicht schwindelig ist, wie alt bist du denn, fragen sie erstaunt, und er scherzt, auf jeden Fall zu alt. Alle lachen und winken ab, man ist so alt, wie man sich fühlt, aber ich sehe die Beklommenheit in seinem Blick und fürchte, dass er recht hat, und muss es ihm doch ausreden.

Wieso denn zu alt, du weißt es doch nicht, du hast es noch nicht probiert.

Doch habe ich es probiert, sagt er leise, es ist ein Geständnis, er hat sich beworben, hier und da, ohne mir davon zu erzählen, er hätte mich damit überrascht, wenn es geklappt hätte.

Zählt Erfahrung denn gar nicht.

Nein.

Ich finde dich nicht alt, tröste ich, immerhin hast du Kinder, guck dir die anderen in deiner Abteilung an, die haben niemanden, die sind ganz allein.

Das stört die aber nicht, sagt Jo.

Das denkst du nur. A. fragt doch immer nach den Kindern, ich wette, sie hätte gern selbst welche.

Was hilft uns das, sagt Jo.

Wir essen schweigend, die Nudeln sind zu weich, aber ich sage nichts, zermatsche sie und schiebe dem Baby kleine Löffel in den Mund.

Du hast den Topf mit der Tomatensoße nicht ausgespült, sage ich, billige Rache, die mich zugleich beschämt und beflügelt.

Jo antwortet nicht, er hebt noch nicht einmal den Blick.

In acht Wochen, setze ich nach. So lange halte ich das aber nicht mehr aus.

Andere halten das immer aus. Jahrelang. Was sage ich. Jahrzehnte.

Das Baby fasst sich in den Mund und zieht zerkaute Nudelreste heraus, die es zwischen Daumen und Zeigefinger in die Luft hält. Komm, sage ich, steck es wieder in den Mund, aber das Baby wirft die Nudelreste auf die Tischplatte und schüttelt erst den Kopf, dann den ganzen Körper. Als die Bewegung zu schnell wird, hält es kurz inne und sammelt sich. Schnell schiebe ich ihm noch einen Löffel zwischen die Lippen. Mona isst im Kindergarten, aber wir werden sie abmelden müssen. Wir werden sie auch vom Flöten und Kindertanzen abmelden müssen.

Ich werde mich vom Sport abmelden müssen, sage ich zu Jo.

Nur wenn wir verlieren, sagt Jo. Es gefällt mir, dass er kämpferisch klingt, es ist besser, wenn er kämpft. Ich habe mich an den Krieger gewöhnt. Krieger werden verletzt, und dann stehen sie wieder auf und ballen die Faust.

Wir haben kein Geld mehr.

Wir können etwas leihen.

Wir müssen etwas leihen.

Wer leiht uns was.

Das Arbeitsamt zahlt nicht, weil es bei fristlosen Kündigungen eine Sperrfrist gibt. Die ist noch lange nicht abgelaufen.

Ich hatte auch nie was, sagt Jos Mutter triumphierend, nichts hatte ich, nur fünf Kinder. Ganz allein war ich.

Das wissen wir.

Im Garten haben wir Salat und Bohnen gehabt. Gereicht hat es nicht. Immer das Brot vom Vortag genommen. Den Linseneintopf mit Wasser gestreckt. Konnte man drei Tage von essen.

Jo erschauert. Seine Mutter nickt stolz. Ich würde sie gern bewundern, aber es will mir nicht gelingen. Ihr Triumph stachelt mich auf. Ich habe sie nie Mutter nennen können. Ich umgehe jede direkte Anrede.

Weißt du, was ich kann, sage ich, ohne ihren Namen zu nennen, ich kann tagelang ganz ohne Geld zurechtkommen. Mit allen Schikanen.

Pass auf, sage ich und rede mich in Fahrt, weil Jo belustigt zuhört, es gefällt mir, wenn er mir zuhört, während ich mit seiner Mutter rede.

Morgens gibt es warmes Wasser, das ist gut für die Verdauung. Dann stille ich das Baby, und Mona geht in den Kindergarten und sagt, sie hat ihre Frühstücksdose vergessen, dann kriegt sie was.

Aber du hast doch längst abgestillt, sagt Jos Mutter entsetzt.

Dann gehe ich mit dem Baby ins Kaufhaus. Das Baby bekommt am Metzgerstand Fleischwurst und am Backstand ein Stück Brezel, beides esse ich, sobald wir außer Sichtweite sind. In der Kosmetikecke pflege ich mich mit Feuchtigkeitscreme, Handcreme und Augenfältchencreme aus den Probiertuben, dann in der Delikatessenabteilung ein paar Käsewürfel und Lachshäppchen von der Werbedame, Rolltreppenfahren zum Vergnügen. Im Park schauen wir den Enten zu, alles kostenlos. Zum Mittagessen fahren wir in die Neue Messe, wo gerade ein Kardiologenkongress ist. Mona wartet mit dem Baby draußen, ich schlendere an den Büfetts vorbei, nicke mit der Gelassenheit der gestandenen Arztgattin den Imbissmädchen zu und greife ganz selbstverständlich zu.

Hör mal, sagt Jos Mutter, und Jo lacht.

Nachmittags Kinderprogramm. Wir gehen in die Parfümerie und lassen uns Düfte auf die Handrücken schmieren, hören den Straßenmusikanten zu, zünden im Münster Gebetskerzen an, nehmen uns beim neu eröffneten Schuhladen Luftballons und ein paar Gummibärchen mit, und wenn es dämmert, suchen wir uns auf dem Komposthaufen des städtischen Friedhofs noch einen schönen Blumenstrauß zusammen. Alles kostenlos.

Jos Mutter schüttelt den Kopf.

Aber die Kerzen kosten doch einen Euro.

Der liebe Gott verzeiht alles, sage ich.

Das Spiel funktioniert aber nur, wenn du anständig angezogen bist, sagt Jo.

Bin ich ja. Noch.

Nach dem Streit im Team bemühten sich alle, glaubte Jo, um bessere Stimmung. A. kaufte neuen Kaffee für das Büro. Sie gingen zu dritt zum Essen in die Kantine, manchmal sogar nach der Arbeit noch zum Japaner an der Ecke auf ein oder zwei Sushi, die Jo eigentlich verabscheute. Trotzdem ging er mit, starrte am Fließband auf die vorbeiziehenden Behälter, konzentrierte sich auf die blauen, die am erschwinglichsten waren, und dann auf die Stäbchen, die man auseinanderbrechen musste, bevor man sie benutzen konnte, und auf die kleinen Soßenschalen, die ihm A. reichte, es war eine anstrengende Art zu essen, bei der man ständig aufpassen musste, sodass ein Gespräch kaum möglich war, man saß ja auch in einer Linie aufgereiht am Fließband und hatte keine Zeit, die Gesichter der anderen zu studieren. Der Tee schmeckte bitter.

Jo berichtete, er fühle sich dort wie auf der Jagd, jedesmal esse er mehr, als er wolle, die leeren Behälter türmten sich, manchmal übernähmen T. oder A. die Rechnung, aber nicht immer. Wenn ich fragte, worüber sie geredet hatten, wusste er es nicht mehr, A. hatte nach den Kindern gefragt, T. wollte wieder einmal mit Jo laufen gehen.

Irgendwann gingen wir mit den Kindern dorthin. Mona blieb an der großen Glasscheibe stehen, hinter der man den Koch mit einem riesigen stahlglänzenden Messer hacken sah, er trug ein Papierkäppchen statt einer Kochmütze. Das Baby schlug mit der flachen Hand gegen die Scheiben, bis der Koch sich zu uns umdrehte. Mona wich zurück, er stand einen Augenblick ganz still, dann wischte er das Messer an der schneeweißen Schürze ab und nickte uns zu. Eine Röte stieg Mona ins Gesicht, aber sie winkte nicht zurück, vielleicht wusste sie nicht, dass sein Nicken als Gruß gemeint war.

Dann setzten wir uns ans Fließband, ich versuchte, das Baby auf meinem Schoß ruhig zu halten, das eilig alle Gegenstände zu sich heranzog, die Sojasoße, die Servietten, einen zerrissenen Kassenzettel, während Mona mit erhobenen Händen über den Behältern zitterte und sich nicht entscheiden konnte, es waren zu viele, zu schnell glitten sie vorüber, und Mona fing an zu weinen. Jo griff den nächsten Behälter und setzte ihn vor ihr auf den Tisch. Das Baby beugte sich vor und rief Silben. Mona starrte durch den Klarsichtdeckel auf das Algenröllchen, hob den Blick, schaute uns ungläubig an, dann glitt sie vom Stuhl, presste ihr Gesicht an meine Beine und weinte heftiger.

Was ist denn los, Schatz, fragte Jo, du musst nicht mit den Stäbchen essen, komm, ich zeig dir, wie es geht. Aber Mona schüttelte nur den Kopf. Als wir später an der großen Scheibe vorbei nach draußen gingen, verbarg sie ihr verweintes Gesicht.

Kaffee und Sushi, murmelte Jo, wenn er nach diesen Abenden heimkam, ich weiß nicht, mir wird das zu teuer, und es dauert so lange, ich kann nicht ständig mit ihnen essen und trinken.

Ich warnte ihn vor Beschwerden und ruhelosem Verhalten, du hast doch selbst gesagt, erinnerte ich ihn, die Stimmung sei besser.

Schon, sagte Jo, aber nur, weil ich den Mund halte. An der Arbeitsverteilung ändert das nichts, und irgendwann muss ich es wieder ansprechen.

Mit dem Franzosen kam das Ende des Sushi. Der Franzose war Jos Partner im Jugendaustausch gewesen. Sie kannten sich seit Jahren, hatten zusammen Jugendgruppen betreut, Nächte durchgefeiert, auf Bustouren Frisbee gespielt und französische Lieder gesungen. Einmal im Jahr, immer im Mai, kam er zu Besuch, manchmal auch zu uns nach Hause. Für Mona hatte er einmal eine gewaltige Tüte mit Schokoladenherzen mitgebracht und sie auf die Stirn geküsst. In diesem Jahr erfuhr Jo nichts von seinem Besuch. Ende Juni fiel ihm ein, dass der Franzose noch nicht aufgetaucht war, und er fragte die Chefin.

Der Jugendaustausch fällt nicht mehr in Ihren Aufgabenbereich, Herr Rühler.

Ich will ihn ja nur sehen, rief Jo, wir sind befreundet, verstehen Sie.

So eng scheint die Freundschaft ja nicht zu sein. Wie jedes Jahr war der französische Kollege im Mai zu Gast und wurde von Ihren Kollegen vorbildlich betreut, Herr Rühler. Von Ihnen war keine Rede.

Ich weiß nicht, was Jo entgegnet hat. Ich habe ihn nach seiner Antwort gefragt.

Statt mich zu überprüfen, sagte er, könntest du dich mit mir solidarisieren.

Das tue ich doch, rief ich, ich will nur wissen, was du gesagt hast. Ich habe mich dagegen verwahrt, sagte Jo. So kann man mit mir nicht umgehen.

Aha, sagte ich. Jo wandte sich plötzlich ab.

Was ist denn nun, rief ich.

Er: Du hörst nicht zu.

Ich: Doch, natürlich höre ich zu. Was denkst denn du.

Er: Du hast gegähnt.

Ich: Nein, Jo, das ist doch lächerlich, jetzt hör auf! Ich habe nicht gegähnt! Und wenn, dann nur, weil ich mich den ganzen Tag um ein Kleinkind und ein Neugeborenes gekümmert habe!

Er: Und jetzt willst du mir auch noch ein schlechtes Gewissen machen, was.

Ich: Ich habe nicht gegähnt!

Er: Und wenn schon. Mir ist das egal.

Ich: Ich bin viel zu wütend, um zu gähnen!

Er: Du bist also wütend. Und was meinst du, wie es mir geht.

Ich: Das wollte ich ja gerade wissen, aber du sagst es ja nicht.

Er: schweigt.

Ich: Früher wären wir längst in Gelächter ausgebrochen.

Er: schweigt.

Ich weiß nicht, wie man das Büro der Chefin verlassen, über den Gang laufen, zurück zu den Kollegen gehen kann, die einem vor sechs Wochen endgültig die Zügel aus der Hand genommen und kein Wort darüber verloren haben.

Ich habe den Franzosen angerufen, sagte Jo. Ich hatte seine Nummer ja noch. Ich habe ihn angerufen und gefragt, warum er sich nicht gemeldet hat. Weißt du, was er gesagt hat. Er hat gesagt, die Kollegen hätten ihm Grüße von mir ausgerichtet, ihm aber auch deutlich gemacht, ich sei zur Zeit sehr überlastet und etwas labil und habe das Projekt deswegen abgeben müssen.

Jo verstummte und blickte mich an. Ich wusste, dass sein Blick eine Prüfung war. Es war die Solidaritätsprüfung. Ich musste seinem Blick standhalten, ohne zu gähnen, ohne Mitleid, aber voller Anteilnahme, Empörung und Bewunderung für die Kraft, die es ihn kostete, von der Demütigung zu berichten. Ich senkte den Blick.

Jo sprach die Sache mit dem Franzosen an. A. und T. hielten Erklärungen bereit. Jo habe wirklich einen überlasteten Eindruck gemacht, Jo komme nicht über Markus' Kündigung hinweg, deswegen habe man ihn mit dem Franzosen nicht behelligen wollen, man habe nicht gewusst, dass der Franzose ihm so wichtig sei, die Chefin habe es so verfügt, und man kenne ja die Chefin.

Ihr vielleicht, sagte Jo. Ich kenne sie nicht. Ich sehe sie ja nicht einmal.

Auch A. und T. sähen sie nicht, sagten sie, oder wenn, dann selten, und es sei doch gut, dass dafür der Kontakt untereinander stabil sei. Aber in jener Woche fiel Sushi aus, und in der Woche darauf gingen A. und T. in den Sommerurlaub, und nach dem Sommer waren die Sushi-Abende vergessen.

Mir ist das auch recht, sagte Jo, diese teuren Algenpäckchen, das ist nichts für mich.

Es gab Abende, an denen wir nicht über A. oder

T. redeten, nicht über Markus oder den Franzosen, nicht über die Chefin.

Wir tranken Wein und massierten uns die Füße. Oder wir gingen, wenn Mona im Bett war, Arm in Arm durch unseren Stadtteil und schauten zu den Fenstern hoch, hinter denen Leute wohnten, die wir kannten. Manchmal fuhren wir auf den Rädern freihändig durch den Stadtpark. Als ich schwanger und müde war, hörten wir abendelang Cembalomusik, deren silbriges Perlen uns langsam in einen engumschlungenen Halbschlaf spülte. Das waren Abende, an denen wir die Worte beinahe fürchteten. Wenn wir anfingen zu sprechen, würden wir unaufhaltsam auf den wunden Punkt zusteuern, umso schneller, je mehr wir ihn zu umgehen suchten. Manchmal legte mir Jo, wenn ich den Mund öffnete, behutsam die Hand über die Lippen.

Als Mona noch klein war und nachts öfter aufwachte, kniete ich neben ihrem Bett, sie schob die Hand zwischen den Stäben durch, ich lehnte den Kopf an das Gitter und hielt ihre warmen Finger. Ab und zu hob sie den Kopf, um zu sehen, ob ich noch da war. Ich summte vor mich hin, bis ich selbst schläfrig gegen das Gitter sackte, die Gedanken ließen nach, ich horchte auf ihren Atem. Oben schlief Jo, oder vielleicht lag er auch wach, ich hörte auf, über ihn nachzudenken, ich saß nur mit rundem Rücken neben Mona in der Nacht.

Auch als das Baby zur Welt kam, waren die Nächte manchmal die besten Zeiten. Ich trug es herum, es war sehr leicht, und sein Weinen war kaum zu hören. Jo wachte davon nicht auf, und wenn ich wollte, dass er mich ablöste, setzte ich mich neben ihn auf die Bettkante und streichelte mit einer Hand sein Gesicht, im anderen Arm wiegte ich gleichmäßig das Baby, dessen Augen sich nie ganz schlossen. Er wachte auf, rührte sich aber nicht, er blinzelte langsam, als müsse sein Blick erst aufklaren, und schaute uns an, dann richtete er sich auf und nahm mir das Baby ab und nickte mir zu, als wolle er mir danken.

So kreisten wir schweigend umeinander, friedliche Gänge, durchdrungen von tiefer Müdigkeit, bis sich in den Nachbarhäusern erste Bewegungen zeigten, Lichter wurden angeschaltet, Frühstückstische gerichtet, Gestalten in Morgenmänteln lehnten in Türrahmen. Wir legten das Baby hin und lagen nebeneinander in der Dämmerung, zu müde, um uns zu berühren, die Gesichter zur Decke, die Hände verschränkt, während sich um uns herum der Tag sammelte.

In diesen Wochen konnte es passieren, dass wir den Wecker nicht hörten und in den hellen Morgen hinein erschraken, wenn Mona uns rief oder in unsere Decken sprang. Jo bewegte sich langsamer als sonst, obwohl er sich hätte beeilen müssen, bedächtig rieb er sich mit kaltem Wasser ab, schnitt sich noch Äpfel in die Haferflocken, ich drängte ihn zur Eile, obwohl ich selbst in Unterwäsche unentschlossen vor dem Kleiderschrank stand, die Hosen passten noch nicht wieder.

Du kommst zu spät.

Da schaut doch keiner auf die Uhr.

Weißt du nicht mehr, bei Markus.

Ich habe es erklärt, sie werden es schon verstehen. Sie haben schon Kaffee gemacht, wenn ich komme.

Sie hatten auch eine Gratulationskarte und ein Geschenk geschickt. Viel Glück dem neuen Erdenbürger. Das Geschenk war ein Delfinmobile, das wir über das Bettchen hängten. Dort dreht es sich immer noch, inzwischen kann das Baby im Stehen nach den Delfinen greifen, die über ihm an ihren Fäden taumeln, als hätten sie angebissen und könnten nicht mehr vom Haken. Ich werde es abnehmen müssen.

In der Kündigung wird ausdrücklich auf zahlreiche Verspätungen und Nichteinhaltung des vorgeschriebenen Arbeitsbeginns hingewiesen.

Du fällst vom Glauben ab

Ich hole Mona vom Kindergarten ab. Erschöpft sitzt sie zwischen den Jacken und Regenhosen und zerreibt mit dem Schuh kleine Matschbrocken auf dem Parkett.

Wie war es denn.

Gut.

Das sagt sie auch, wenn es nicht gut war, wenn sie später unter Tränen von Streit mit älteren Kindern oder aufgeschrammten Ellbogen erzählt, aber ihre Antwort auf die Frage steht fest, ein beruhigender Schlusspunkt am Ende eines ewigen Morgens. Ich helfe ihr in die Jacke, sie macht ihre Arme schlaff und schwankt gegen mein Bein.

Bitte hilf ein bisschen mit.

Kann nicht.

Ich führe sie an der Hand aus dem Kindergarten, als sei sie ein Kleinkind, den Kopf hält sie gesenkt, der Rucksack baumelt schlaff gegen ihre Kniekehlen.

Draußen trifft uns die Sonne ins Gesicht, und mit einemmal streckt sie sich, es ist die Verwandlung, die nur Kindern gelingen kann, als ob Saft ihr in die Glieder schösse, sie lässt den Rucksack fallen, plötzlich rennt sie, winkt mir im Laufen zu, ich gehe schneller.

Zu Hause ist es still, Jo hat sich mit dem Baby hingelegt, die Tür zum Schlafzimmer ist zu, ich weiß, dass er sich zu einem Halbmond um das Baby gekrümmt, dass sich das Baby gegen seinen Bauch gepresst und das Gesicht in seinen Pullover gedrückt hat.

Ich will auch schlafen, sage ich leise, aber Mona hat schon ein Buch aus dem Regal geholt und winkt mich zum Sofa. Das Geschirr steht noch auf dem Tisch. Während ich lese, hole ich tief Luft, um die Müdigkeit und den Neid auf Jos Erschöpfung zu vertreiben, auf die er ein Recht hat nach jahrelangem Kampf, und wenn ich ihn nicht schlafen lasse, wird er krank, und dann wird alles noch schlimmer. Ich lese die Geschichte einer Mäusefamilie, die zum Picknicken in den Wald spaziert, es ist ein aufwendiges Picknick, das die Mäusemutter liebevoll vorbereitet hat, und Mona zeigt auf jedes einzelne Schüsselchen, das die Mäusemutter auf der karierten Decke abstellt, und reibt sich den Bauch.

Wie werden eigentlich Fischstäbchen gemacht.

Ich weiß es nicht, sage ich.

Werden die Fische in Stücke geschnitten.

Ich weiß es wirklich nicht.

Merken die Fische das, wenn sie klein gemacht werden.

Ich hole Luft, und auf einmal brülle ich, so laut ich kann, nach oben. Joachim Rühler, wie zum Teufel werden Fischstäbchen gemacht.

Mona rückt erschrocken ein Stück von mir ab und lässt das Buch vom Schoß gleiten.

Joachim, brülle ich noch einmal, dann, als es still bleibt, bücke ich mich nach dem Buch, streiche Mona über die Haare und blättere die Seite mit dem Picknick auf.

Warum hast du so geschrien.

Ich weiß es nicht.

Als die Kündigung kam, haben wir nicht geschrien. Als Jo mit dem Kuvert in der einen, dem Schreiben in der anderen Hand am Esstisch stand, hinter ihm auf dem Herd ein Topf mit Spaghetti, die allmählich im heißen Wasser aufweichten, währrend wir nur dastanden, von der Mittagssonne beleuchtet, und spürten, wie die endlich eingetroffene Katastrophe einen Ring um uns legte, der sich zuzog und uns hielt, beinahe tröstlich fest umspannt hielt, da schrien wir nicht. Wir nickten uns zu, verblüfft und mit dieser eigenartigen Befriedigung, dass endlich das Schlimmste passiert war, wir mussten es nun nicht mehr fürchten, warum sollten wir schreien, es gibt fünf Millionen Arbeitslose, Joachim Rühler gehört dazu.

Lies die Kündigung nicht. Du fällst vom Glauben ab.

In der Kündigung wird, außer zahlreichen Versäumnissen, Unterlassungen und Nichterfüllungen, ein strafrechtlicher Tatbestand festgestellt, deswegen ist sie fristlos. Joachim Rühler hat sich strafbar gemacht.

Als er mir das Schreiben reichte, starrte ich auf die juristischen Wendungen und verstand nichts.

Wieso strafbar, sagte ich, hast du etwas gestohlen.

Sozusagen, sagte Jo und lächelte schmerzlich. Das schmerzliche Lächeln ließ mich plötzlich aufbrausen, ich verstand nichts, er wusste mehr als ich, er war der alte Hase, ein gestandener Krieger und Kämpfer, ich wollte mir von ihm nichts erklären lassen müssen.

Was soll das. Was soll das denn heißen. Du lässt mich zappeln.

Warte doch, sagte Jo, ich erkläre es dir ja, aber ich zeterte schon weiter, du lässt mich am ausgestreckten Arm verhungern, immer muss ich fragen, und wehe, ich höre nicht richtig zu, ich schimpfte und zeterte, und Jo hörte auf zu lächeln und wartete mit gesenktem Kopf, bis mir nichts mehr einfiel, und jetzt senkst du auch noch den Kopf, rief ich, wie ein geschlagener Krieger, der aus der Schlacht zurückkehrt, willst du einen Orden oder was. Dann hielt ich endlich den Mund, und Jo sagte, endlich hältst du mal den Mund. Wir starrten uns an. Einen Moment lang schwiegen wir. Dann ging ich zum Herd und goss die Spaghetti ab, und Jo sagte, die Geldkassette.

Wieso die Geldkassette. Welche Geldkassette.

Ich habe die Geldkassette im Sommer in meinem Büro aufbewahrt.

Ja und.

In der Geldkassette war Geld.

Ja was denn sonst.

Geld von den Exkursionen mit dem japanischen Jugendorchester. Und von dem Benefizkonzert. Ziemlich viel Geld.

Ja.

Das Geld war in der Geldkassette in meinem Schreibtisch in unserem Büro, und dann wollten wir die Abrechnung machen, A. und ich, und ich habe die Geldkassette aus meinem Schreibtisch geholt, und A. hat mir gesagt, dass ich sie dort gar nicht aufbewahren darf.

Ah.

Ja. Und dann haben wir die Abrechnung gemacht, A. und ich, und ich habe nicht mehr daran gedacht.

Ja und.

Das war Unterschlagung. Veruntreuung. Kriminell.

Aber du hast doch nichts geklaut.

Nein, natürlich nicht.

Und A. war dabei.

Ja, natürlich.

Also wo ist das Problem.

Frag A.

Ja, sagte ich, das mache ich. Ich frage A.

Ich schrie nicht. Ich hob das Baby hoch, packte es in seinen Winteranzug, schlang mir einen Schal um den Hals, trug es nach draußen und zurrte es im Fahrradanhänger fest.

Was ist mit den Nudeln, rief Jo.

Aber ich hörte nicht, schwang mich aufs Rad, ich frage nur eben A., rief ich und radelte los. Ich fuhr schneller als sonst. Als der Fahrtwind mir gegen den Körper schlug, merkte ich, dass ich keine Jacke anhatte, und ich hielt noch einmal an, um das Baby zuzudecken, unbeweglich in seinem wattierten Schneeanzug, die Arme steif vom Körper weggestreckt, seine Backen hatten sich in der Kälte sofort gerötet, und es schaute mich verwundert an, aber ich sagte nichts, ich stieg gleich wieder auf und war auf einmal schon an der Brücke, am Zubringer, am Marktplatz, mitten in der Stadt, wo Fahrradfahren verboten ist, ich radelte weiter, um die Leute herum, der Anhänger schlingerte hinter mir, können Sie nicht aufpassen, murrte jemand, hier müssen Sie absteigen, und ich fuhr weiter, rufen Sie doch die Polizei, rief ich und fuhr weiter, direkt bis zum städtischen Verwaltungsgebäude.

Als ich anhielt, merkte ich, dass mein Gesicht nass war, ich holte das Baby, das eingenickt war, aus seinem Sitz und presste es an mich, es riss die Augen auf und machte sich steif und fing an zu jammern, und ich stieß die Tür auf und lief, so schnell es mit dem Baby im Arm eben ging, die Treppen hoch, das Geschrei hallte im Treppenhaus, bis wir vor dem Büro standen, in dem A., T. und Jo zusammen arbeiteten, gearbeitet hatten, und ich klopfte heftig.

Es blieb still.

Ich atmete schnell und heiß, der Atem wurde ein Schluchzen, das Baby wand sich in meinen Armen, und ich schlug noch einmal gegen die Tür. Das Echo füllte den Gang bis ins Treppenhaus. Erschrocken hielt das Baby still.

Wir lauschten.

Dann drehte ich mich um und ging langsam zurück, den Gang entlang, die Treppen hinunter, sorgfältig schnallte ich das Baby in seinen Sitz, stieg auf und fuhr langsam durch die vollen Straßen zurück.

Was wolltest du machen, fragte Jo kopfschüttelnd, als ich mit dem weinenden Baby ins Haus kam.

Ich weiß auch nicht.

Am nächsten Tag musste Jo seinen Schreibtisch abräumen und den Büroschlüssel abgeben. Aber er konnte nicht.

Ich kann die nicht anschauen. Ich kann da nicht hin.

Soll ich es machen.

Er wartete den ganzen Tag, holte Mona vom Kindergarten ab, nachmittags gingen wir Eis essen.

Soll das Urlaub sein oder was.

Du musst hin.

Als die Kinder schliefen, fuhr er in die Dunkelheit. Ich hängte Wäsche ab, deckte den Frühstückstisch für den nächsten Morgen, setzte mich eine Weile vor den Fernseher, ich wollte auf ihn warten, ich stellte mir vor, wie er in dem dämmrigen Großraumbüro saß, in dem er elf Jahre gearbeitet hatte, und alles in einen Karton räumte, seine Unterlagen, die Fotos von Mona und dem Baby, Monas Schneemann aus Pappmaschee, Hustenbonbons und den buddhistischen Kalender, seine Habseligkeiten, während um ihn herum die

Stille leise tickte. Ich wollte ihm den Rücken stärken, so wie es immer alle verlangten, es war ja mein eigener Wunsch, meinem gedemütigten Mann den Rücken zu stärken, aber er kam und kam nicht zurück, und allmählich geriet ich in einen zweifelhaften Zustand, eine unbestimmte Wut gegen die Chefin, gegen A. und T., gegen die Ungerechtigkeit auf der Welt mischte sich mit Vorwürfen gegen Jo, der nicht gedemütigt, nicht schwindelig und blamiert, sondern der Sieger sein sollte, und mit heftigem Selbstmitleid, weil ich alleine dasaß, weil wir nun kein Einkommen mehr hatten, weil wir Mona vom Musikunterricht abmelden würden, weil ich nicht genug verdienen konnte, um meine Familie zu ernähren.

Ich ließ die zwei Weingläser, die ich bereitgestellt hatte, zwischen den Frühstücksbrettchen stehen und löschte das Licht, dann eben nicht, dann musste er eben ins Dunkle kommen, ich legte mich ins Bett und lauschte mit wütend klopfendem Herzen, ob er kam, aber er kam nicht, bis ich irgendwann doch einschlief.

Wo warst du.

Das weißt du doch.

Warum hat es so lange gedauert.

Hat es lang gedauert?

Jo liegt oben, er schläft immer noch, auf jeden Fall ist es ganz still. Mona, das Baby und ich gehen zum Spielplatz. Ich setze das Baby in den Sandkasten, wo es sofort anfängt, mit beiden Fäusten in den kalten Sand zu greifen. Die Schuhe hat es sich gleich von den Füßen gezogen, ich stecke sie in die Tasche, damit sie nicht verloren gehen. Mona steht unentschlossen im Sand, neben ihr klopfen andere Kinder an einer Burg herum und spießen Stöckchen in den Turm.

Schau mal, sage ich, hilf doch den Kindern mit ihrer Burg. Oder wir bauen etwas aus Schnee. Mona macht einen Schritt auf die Kinder zu, aber sofort dreht sich ein Mädchen um, sie ist höchstens drei oder vier Jahre alt, nein, ruft sie, du darfst nicht mitspielen, das ist unsere Burg. Mona bleibt stehen und dreht sich hilflos zu mir um.

Wieso denn, sage ich, sie kann euch doch helfen, ihr könnt doch zusammen bauen.

Das ist unsere Burg, wiederholt das Mädchen stur. Mona erstarrt, sie steht bewegungslos da und schaut auf ihre Füße, und als ich die Arme nach ihr ausstrecke, schüttelt sie nur stumm den Kopf.

Meine Burg, strahlt das Mädchen und dreht Mona den Rücken zu.

Ich schaue mich kurz um, aber die Mutter des Mädchens ist nicht zu sehen. Ich hocke mich neben die Burg und zische, weißt du was, du bist ein gemeines Stück, bloß keinen mitspielen lassen, großartig, ganz großartig, mach nur so weiter. Während das Mädchen mich noch ratlos anstarrt, hebe ich eine Hand und klatsche mit aller Kraft auf den halbgefrorenen Sandturm, dass er in alle Richtungen zerspritzt.

So, sage ich und nicke dem Mädchen zu, setze mich auf die Bank und schlage die Beine übereinander, als sei nichts gewesen. Das Mädchen und die anderen Kinder starren auf die kläglichen Reste ihrer Burg, Mona steht mit halb offenem Mund mitten im Sandkasten, nur das Baby krabbelt unbeirrt auf mich zu und zieht sich begeistert an meinen Hosenbeinen in den Stand.

Da hawo, da.

Fassungslos schaut das Mädchen von mir zu Mona, dann wieder auf die zerstörte Burg. Dann legt es den Kopf in den Nacken und fängt an zu schreien. Ich klopfe mir unbeteiligt den Sand von der Hose und reiche dem Baby einen Zeigefinger, an dem es sich festklammert. Die andere Hand schwenkt es stolz durch die Luft.

Du kannst stehen, sage ich zum Baby, bald kannst du laufen, warte nur.

Mona schüttelt sich aus der Erstarrung und drängt sich zu mir auf die Bank.

Mama, flüstert sie, was hast du gemacht.

Tja, sage ich.

Darf man das denn.

Manchmal muss man das, sage ich, nehme das Baby hoch und gehe mit Mona langsam zum Supermarkt, das Geschrei des Mädchens hinter den Schläfen, auch als wir es längst nicht mehr hören können.

Früher habe ich übersetzt. Ich habe Romane aus dem Französischen ins Deutsche übersetzt, ich hatte Verlage, mit denen ich zusammengearbeitet habe, die mir alle paar Monate neue Texte schickten, Bücher, die ich gierig aufschlug, weil schon die ersten Seiten mir verraten würden, wie die nächste Zeit für mich aussähe, quälend oder beflügelt, beschwingt oder langatmig. Die Arbeit war schlecht bezahlt, aber ich arbeitete viel und schnell und, selbst bei den mühsamen Texten, leidenschaftlich. Damals rauchte ich noch, ich saß am Schreibtisch, arbeitete mich durch die Worte, manchmal stand ich am Fenster und rauchte, es gefiel mir, ich gefiel mir. Oft arbeitete ich abends, manchmal auch noch, als Mona auf der Welt war, aber das Rauchen war nun verboten, und auch sonst war es nicht mehr das Gleiche, ich war langsam, ich horchte auf Monas Bewegungen und Geräusche, auch wenn Jo bei ihr war, ich widmete mich den Texten nur noch halb und hörte bald mit dem Übersetzen auf.

Das lohnt sich ja auch wirklich nicht, sagte Jo. Ich widersprach nicht, obwohl ich mich sorgte, dass man mich nach einigen Monaten vergessen könnte, dass die Aufträge an andere, Jüngere, Bessere gehen würden, und wahrscheinlich taten sie das auch, ich habe nichts mehr von meinem Verlag gehört, einige Telefonanrufe, die ich nicht beantwortete, weil Mona schrie oder weil mir schlecht war oder weil ich endlich Schlaf gefunden hatte, dann keine mehr.

Vielleicht sollte ich es wieder versuchen, Jo könnte auf die Kinder aufpassen, das Baby ist nun auch bald groß genug, ich muss nicht mehr ständig bei ihm sein. Wir müssen alles versuchen, wir könnten ja auch ganz anders leben, wir könnten ausziehen, wir könnten umziehen, wir könnten in einem Wohnwagen leben, in Frankreich, in England, auf einem Hausboot, in einer Gartenlaube, in einer Sozialwohnung, bei Jos Mutter, wir könnten ein Hausmeisterehepaar werden, in einem Internat, in der Dritten Welt, in einem Kinderdorf, einem Kulturzentrum, einer Industrieanlage, Jo könnte eine Fortbildung besuchen, eine Ich-AG gründen, eine Umschulung machen, zum Lehrer, zum Polizisten, zum Altenpfleger, die werden immer gebraucht, die Leute werden immer älter, auch Jo wird immer älter, und ich auch, ein Netz feiner Falten spannt sich um meine Augen, das mich wenig stört, schlimmer sind die Mundwinkel, da kerbt sich was, ich kann zuschauen, wie es tiefer wird, vor einigen Monaten war da nichts, alles glatt, nur beim Lächeln ein verschmitztes Grübchen auf jeder Wange, die Grübchen haben sich zu Rillen gelängt und vertieft und ausgefranst, ich traue mich kaum noch zu lachen, es gibt ja auch nichts zu lachen.

Das stimmt nicht, natürlich gibt es genug zu lachen, wir könnten lachen, wenn das Baby sich Monas Blockflöte in den Rachen schiebt und die Backen aufbläst, wenn Mona uns mit ernster Miene und einem wissenden Kopfschütteln die Zeitung vorliest, wenn das Baby aufgeregt die Luft einsaugt und leise Kläffgeräusche macht, weil es eine Katze gesehen hat, jeden Tag unzählige solcher Momente, wir lachen, und warum sollten wir nicht lachen, wenn das Baby lacht, kann es nicht mehr aufhören, sein Lachen klingt wie ein Gurren, ein Gackern, etwas Unaufhaltsames, es reißt die Hände hoch, ganz aufrecht sitzt es, schwenkt die Hände durch die Luft und lacht und lacht. Jo hat noch nie viel gelacht, vielleicht lacht er jetzt sogar mehr als früher, er hat ja auch mehr Zeit.

Als wir mit Tragetaschen nach Hause kommen, Mona in Tränen, weil der Plastikgriff sich um ihr Handgelenk gezwirbelt hat, steht eine Teekanne auf dem Tisch, ein Marmorkuchen ist angeschnitten, Jo hat die Beine auf die Tischkante gelegt und liest den Wirtschaftsteil.

Ich will wieder arbeiten, sage ich, und mehr lachen.

Ich auch, sagt Jo, in der Kanne ist Zitronentee.

Hast du den Marmorkuchen vom Bäcker.

Woher denn sonst, sagt Jo freundlich.

Du hättest ihn selbst backen können, denke ich, Zeit genug hast du ja, ich könnte fragen, ob wir uns das leisten können oder ob es etwas Besonderes zu feiern gibt, und da fällt es mir ein, heute ist Valentinstag.

Heute ist ja auch Valentinstag, sage ich und lege Jo die Arme um den Hals, vorsichtig, damit er auf dem kippelnden Stuhl nicht die Balance verliert, und einen Moment lang verharren wir so, während das Baby langsam eine Butterpackung aufschält und sich Mona leise jammernd die Plastiktüte vom Handgelenk zielt.

Früher gingen wir zelten, manchmal im Urlaub, manchmal mitten in der Woche. Wir besaßen ein altmodisches, undichtes Zelt, das Jo in weniger als fünf Minuten aufbauen konnte, und ein Taschenmesser mit vielen Klingen und zwei Schlafsäcke, die man zu einem zusammenfügen konnte. Wir liehen uns ein Auto und fuhren in den Wald, niemals weit, suchten uns eine Lichtung oder einen Feldrain, irgendein Plätzchen, das man von der Straße nicht sehen konnte, und richteten unser Nest. Wir hatten Wein, Käse und Melonen, manchmal etwas zu rauchen. Wir gingen eine Weile im Wald umher und fühlten uns belohnt, wenn wir das Zelt wiederfanden, und wenn wir uns auszogen und zusammenlagen, stellten wir uns vor, Förster, Bauern oder Spaziergänger schlenderten gelangweilt auf dem Feldweg vorbei, während wir uns liebten. Einmal merkten wir, als wir den Käse gegessen hatten und uns den Mund ausspülen wollten, dass wir kein Wasser dabeihatten.

Du hast das Wasser vergessen.

Wieso ich.

Du bist für Wasser zuständig.

Wer sagt das.

Das machen wir doch immer so, ich den Proviant, du die Getränke, das weißt du doch.

Du hättest ja mal nachfragen können.

Wir saßen nackt im Zelt, das so klein war, dass wir mit den Köpfen und Schultern an die beschichteten Wände stießen, unsere Gesichter berührten sich fast, es war zum Lachen, aber wir waren wütend und heiß und heizten den Streit an, es war leichter, als aufzuhören, es war sogar aufregend, wir wurden laut, Jo fasste mich am Handgelenk, ich schlug seine Finger weg, lass mich los, lass mich bloß los, willst du etwa nicht, dass ich dich anfasse, er griff nach meiner Schulter, wir rangelten und stießen gegen die Zeltstange, es wurde ein Kampf, wir schrien uns an, du fragst nie, du machst einfach, was dir passt, du kannst nicht mit mir zusammenleben, mit niemandem, mit mir nie wieder, und erst, als ein Rauschen von draußen unser Geschrei übertönte, merkten wir, dass es heftig regnete, das Zelt stand schief, unsere Schuhe lagen noch draußen, wir rafften alles zusammen und versuchten, die Zeltwände straffzuziehen, und als wir endlich still unter den klammen Zeltwänden kauerten und der Regen um uns herum knackte wie ein Flächenbrand, sagte Jo, da hast du dein Wasser, und wir mussten endlich lachen.

Nach der Kündigung und der Schreibtischräumung ist Jo noch einmal ins Büro gegangen. Er musste die Abgabe des Schlüssels unterzeichnen, persönliches Erscheinen war verpflichtend. Er schob das Fahrrad durch den Schnee, die Hauptstraßen sind sicher frei, rief er noch und winkte dem Baby zu, das seine Finger mit einer winzigen Bewegung nach innen krümmte, das konnte Jo nicht gesehen haben, aber er lachte und schwenkte seine Wollmütze, beinahe ausgelassen.

Einen Augenblick lang fürchtete ich um ihn. Vielleicht speiste sich die Ausgelassenheit aus Quellen, die mir fremd waren, vielleicht hatte er einen Racheplan geschmiedet, der ihn nun beflügelte. Ich schaute dem Baby zu, das nun wahllos und großzügig auf die leere Straße hinauswinkte, und wunderte mich, dass mein Mann guter Dinge war, es musste doch eine reine Erniedrigung sein, vor die Menschen zu treten, die ihn beseitigt hatten.

Als er in seine Abteilung kam, stand die Tür zu dem Großraumbüro weit offen, in dem er noch vor zehn Tagen gearbeitet hatte. A. und T. lehnten mit Kaffeetassen im Türrahmen und plauderten mit der Chefin, die ein Gebäckstück in der Hand hielt. Als sich Jo näherte, verstummte das Gespräch, die Kollegen wichen auseinander, wandten die Gesichter ab. Die Chefin winkte Jo grußlos durch den Gang in ihr Büro. Dort lag das Formular zur Rückgabe des Schlüssels neben einem handschriftlichen Schreiben.

Bitte lesen Sie das, Herr Rühler, sagte die Chefin und legte das Gebäck vorsichtig auf einen Aktenstapel neben ihrem Ellbogen.

Was ist das, fragte Jo. Die Chefin schaute an ihm vorbei und wartete. Jo nahm das Schreiben und begann zu lesen:

Hiermit möchten wir uns dagegen verwahren, dass Herr Rühler jemals wieder in diesem Arbeitszusammenhang eingesetzt wird. Er ist unzuverlässig und pflichtvergessen. Die von ihm betreuten Projekte erfordern intensive Nacharbeit und genaue Supervision. Auf Hilfsangebote und konstruktive Kritik reagiert Herr Rühler mit arroganter Herablassung. Seine Anwesenheit ist uns physisch unerträglich geworden. Als Kollege ist er nicht länger zumutbar.

Die Unterzeichneten

A., T.

Jo schüttelte den Kopf.

Das ist ja schrecklich. Sie haben dich verraten. Wie hast du reagiert.

Er zuckte mit den Achseln. Sein Gesicht war weiß. Ich wartete darauf, dass der Schwindel käme, stattdessen: Erstarrung. Er sagte nichts und weinte nicht. Er saß aufrecht am Küchentisch und starrte auf die Zeitung. Ich legte ihm die Hände auf die Schultern, ich fing an zu weinen, Mona zupfte an ihm, das Baby schlug gegen sein Schienbein.

Ich male dir ein Bild, Papa. Was ist deine Lieblingsfarbe.

Jo drehte sich nicht zu ihr um.

Mona, lass Papa einfach da sitzen. Er ist müde, er kann jetzt nicht mit dir spielen.

Er soll ja nicht mit mir spielen, ich will ihm was malen.

Jo, leg dich doch hin, oder geh eine Runde spazieren.

Jo blieb, während ich das Abendbrot richtete, das Baby fütterte und die Kinder ins Bett brachte, stumm am Küchentisch. Seine Hände lagen nebeneinander auf der Tischplatte, seine Augen waren auf die Zeitung gerichtet. Ich stellte ihm ein Brot und einen Becher Tee auf die Zeitung, später ein Glas Wein, aber er rührte nichts an. Dann wollte ich ihn ins Bett holen. Er schüttelte nur den Kopf. Ich nahm das Telefon mit nach oben und rief Katrin an.

Katrin, er sitzt da und spricht nicht, es ist unheimlich, ich habe Angst um ihn.

Ja, sagte Katrin, das verstehe ich.

Was soll ich denn machen.

Du musst ihm Raum geben, sagte Katrin.

Aber ich gebe ihm ja Raum. Er hat das ganze Erdgeschoss.

Du musst ihn so lassen, wie er ist.

Aber Katrin, rief ich, das ist doch Unsinn. Er ist außer sich. Er ist nicht er selbst. Die haben ihn kaputt gemacht. Ich habe Angst, dass er kaputt ist.

Wenn du glaubst, ich rede Unsinn, warum rufst du dann überhaupt an.

Jetzt sei du doch nicht auch noch kompliziert, rief ich. Katrin schwieg. Das Schweigen aus dem Telefonhörer mischte sich mit Jos Schweigen, das von unten heraufstieg. Wieder kamen mir die Tränen.

Bitte rede mit mir, rief ich mit schwankender Stimme, aber in dem Moment hörte ich aus dem Babyzimmer einen hölzernen Schlag, gefolgt von einem Brüllen, das alles Schweigen überdeckte, Katrin, meine Stimme war wieder stabil, ich muss auflegen.

Ich legte das Telefon zur Seite und lief die Treppe hinunter, das Baby hatte sich am Kopfende gestoßen und stand nun brüllend an den Gitterstäben, die Haare klebten verschwitzt am Kopf, es hatte die Augen zusammengepresst, rang nach Luft und schrie und ließ auch nicht davon ab, als ich das steife Körperchen aus dem Bett hob, an meine Schulter presste und den süßen Babyschweiß einatmete, froh, trösten zu dürfen.

Später lag ich still unter der Decke und lauschte, aber ich konnte nichts hören, irgendwann schlief ich ein, und als ich am nächsten Morgen herunterkam, hatte Jo schon den Frühstückstisch gedeckt und das Fläschchen für das Baby vorbereitet. Ob er dort unten die Nacht verbracht hat, weiß ich nicht.

Wollen wir heute Abend vielleicht weggehen, frage ich.

Nein, ruft Mona, die zugehört hat, nicht weggehen, ihr sollt nicht weggehen.

Wir gehen ja nicht weg, sagt Jo, keine Sorge, mein Schatz, und er hebt Mona auf sein Knie wie ein kleines Mädchen, so fahren die Damen, so reiten die Herren, so ruckelt der Bauer, und es klappt noch immer, Mona lacht wie ein kleines Mädchen, schüttelt sich, dass ihr die langen Haare um den Kopf peitschen, und schlingt ihre Arme um Jos Hals.

Also gehen wir nicht weg?

Nein, nein, hierbleiben, ihr sollt hierbleiben.

Wir könnten ja die Nachbarn fragen, murmele ich, schließlich ist Valentinstag, aber Jo reibt Daumen und Zeigefinger aneinander, du weißt, was das kostet, soll das heißen, wir haben beschlossen, unsere Geldnot vor Mona zu verheimlichen. Sie fragt oft, wieviel ein Eis kostet oder ein Auto oder unser Haus, und wenn wir sagen, eine ganze

Stange Geld, nickt sie weise und sagt, ja, ich weiß, drei Euro, oder acht, und wir nicken auch.

Noch ist Februar, die Eisdielen sind geschlossen, wir haben kein Auto, und abends bleiben wir zu Hause, auch am Valentinstag.

Wir essen den teuren Marmorkuchen, morgen werde ich selbst welchen backen, wenn Jo es nicht macht, mache ich es eben, so schwer wird das ja nicht sein, und dann werde ich bei meinem Verlag anrufen, und bei Katrin, die immer Bescheid weiß über Auftragslagen, Verlagspolitik, Stellenangebote, und Jo wird zum Arbeitsamt gehen, wer weiß, was sich ergibt, und dann ist es auch schon Abend, obwohl wir gerade erst Kuchen gegessen haben, zuerst vergeht die Zeit gar nicht und dann unmerklich, wie im Flug sozusagen.

Mona, Zähneputzen, rufe ich, aber Mona besteht auf der Tagesordnung, wieso denn, jammert sie, wir haben doch gerade erst Kuchen gehabt, ich will noch Abendbrot.

Heute ist es eben anders, sage ich, vielleicht wird bald alles ganz anders, vielleicht arbeite ich bald, und Papa passt auf euch auf. Mona starrt mich an.

Warum.

Na warum nicht.

Du sollst bei mir bleiben.

Natürlich ist es falsch, Mona solche Dinge zu

sagen, ich beunruhige sie, ich weiß nicht, welcher Teufel mich reitet, wir wollten sie doch von alldem fernhalten.

Mona rennt zu Jo, Papa, Mama sagt, vielleicht essen wir nie mehr Abendbrot. Jo kitzelt sie am Nacken, dann wirst du ja klapperdürr, das geht aber nicht, ich will doch keine klapperdürre Tochter haben, die der Wind wegbläst.

Kann der Wind mich wegblasen.

Nein, sagt Jo, das schafft er nicht. Und wenn er es versucht, dann halte ich dich fest. Über Monas Kopf hinweg schaut er mich an und schüttelt den Kopf.

Welcher Teufel reitet dich.

Ich weiß es nicht, wir sind unvorhersehbar geworden, unsere Stimmen schwanken, unsere Sprache ist bissig, unsere Haut brüchig geworden.

Wir brauchen Maulkörbe.

Wir brauchen Urlaub.

Ich nehme das Baby und mache es für die Nacht fertig, jeder Handgriff stimmt, ich mache nichts falsch und gerate nicht aus dem Takt. Als es auf dem Wickeltisch liegt und sich mit den Händen den runden Bauch abklatscht, hole ich tief Atem und pruste ihm auf den Nabel, und es schnappt vor Überraschung nach Luft, bevor es in wildes Kichern ausbricht.

Nochm.

Es hat noch mal gesagt, es hat ein richtiges Wort gesagt. Es lernt unsere Sprache.

Nochm, murmelt es, und ich schnaube noch einmal kräftig auf die weiche Haut, warte auf das Kichern und das kleine Wort, aber diesmal kreischt es, krümmt sich und verzieht das Gesicht, und ich muss abwarten bis zum nächsten Mal.

Als wir zum Gutenachtsagen noch einmal in Monas Zimmer gehen, wo Jo und Mona unter der Decke aneinander lehnen und ein Buch lesen, beugt es sich auf meinem Arm weit zurück und schaut ins Treppenhaus hoch, und ich kann nicht anders, ich muss an seinem Hals schnuppern, die dicken, frisch abgeseiften Backen, das feine, leicht verfilzte Haar, sein Abendgeruch ist unwiderstehlich. Ich halte es Mona hin, die ihm einen Kuss zubläst, ohne es anzuschauen, ihr Blick ist voll mit der Geschichte, Jo liest weiter, langsam und sorgfältig betont er jedes Wort, als rezitiere er ein Gedicht.

Ich trage das Baby in sein Zimmer, es schmiegt sich an meinen Hals, abends wird es zärtlich, manchmal presst es sogar die Lippen zusammen, bläst die Backen auf und macht ein Kussgeräusch, aber heute Abend streckt es schon die Hände nach seinem Bett aus, ich lege es hin, und wie ein Hund rückt es sich zurecht, wühlt das Gesicht in die Matratze und zieht die Arme und Beine unter den Körper, ein kleiner warmer Hügel wölbt sich unter der Decke, als ich mich noch einmal nach ihm umschaue.

Dann will ich noch Mona gute Nacht sagen, aber als ich in ihr Zimmer schaue, ist das Licht bereits gelöscht, und ich höre Jos tiefen Atem und sehe Monas Kopf in seiner Armbeuge.

Leise ziehe ich die Tür zu, gehe ins Wohnzimmer und warte. Draußen fängt es wieder an zu schneien.

Man muss froh sein, wenn der Frühling kommt.

2. SOMMER

Blut lässt sich ganz schlecht auswaschen

Ich weiß nicht, was sich die Leute vom Frühling erwarten. Besser ist es, man erwartet nichts, geht von Blüte zu Blüte und lässt sich die blasse Sonne in den Kragen tropfen.

Dafür gibt das einen Jahrhundertsommer.

Das ist doch was.

Aber so heiß.

Manchen kann man es eben nie recht machen.

Seit es warm geworden ist, haben wir Mücken im Schlafzimmer. Nachts schrecken wir von ihrem silbrigen Angriff in die Höhe, ihr Sirren in verschiedenen Tonlagen spinnt sich um uns, wir liegen ganz still und lauschen, sie scheinen überall zu sein, dann plötzlich direkt in der Ohrmuschel. Schon am frühen Nachmittag stehen sie in Wolken vor der Terrassentür und zwischen den Sträuchern, man müsste Fenster und Türen geschlossen halten, aber die Kinder brauchen frische Luft, und Jo braucht frische Luft, und auch ich brauche frische Luft, ich atme ein, und die Luft schmerzt an den Schleimhäuten.

Nun fängst du auch an, hat Jo gesagt.

Wieso.

Du wirst krank. Du hältst nicht durch.

Das ist ja auch kein Wunder.

Aber, sagt Jo und beugt sich vor, wir zahlen für deine Gesundheit, der Sport, wieso hilft das nicht.

Es hilft ja, sage ich und zähle auf, wie es hilft, mein Bauch, mein unterer Rücken, mein Iliosakralgelenk, meine Haltung, meine innere Haltung, na also, was willst du.

Darf man nicht mehr krank sein, oder was.

Aber ich kann nicht mehr einatmen, ohne die Luft an der Innenseite der Nasenflügel zu spüren. Selbst in Augenblicken, in denen ich mit Mona und dem Baby rede und gleichzeitig die Reklamebeilagen nach Sonderangeboten durchschaue, also keinen Gedanken für die Luft übrig habe, die ich alle vier Sekunden einatme, spüre ich doch den Luftzug, wie er in die Nase hineinfährt und herausgeht und dabei über die wunden Schleimhäute schabt.

Ich hätte es dir nicht erzählen sollen.

Du kannst mir alles erzählen.

Das glaubst du selbst nicht.

Ich sage nichts, was ich nicht glaube.

Im Frühling hatte ich Heuschnupfen, und seitdem ist das Atmen so eine Sache. Der Heuschnupfen kommt jedes Jahr, aber dieses Jahr überfiel er mich wie eine Grippe, innerhalb weniger Tage überall zartes Blattgeflimmer, die Kätzchen quollen aus den Birkenzweigen und den Haselzweigen, und ich machte schlapp.

Nun ist er doch endlich da, dein Frühling.

Ich saß am Küchentisch und rieb mir die Augen mit den Fäusten, dann mit den Handballen, schließlich mit den Fingerspitzen, dann hielt ich einen Moment still und wartete, ob es geholfen hatte, die Tränen liefen die Nase entlang, gut, dass Mona mich nicht sah, und es hatte nicht geholfen, ich drückte mit den Fingern auf die Augäpfel, bis ich das Gefühl hatte, die Augen könnten zur Seite wegrutschen, und dann fing das mit dem Atmen an.

Wir hatten den Kammertermin vor dem Arbeitsgericht.

Wir haben gewonnen. In allen Belangen. Wir

sind nicht arm. Joachim Rühler ist wiedereingestellt.

Wir müssen nicht ausziehen. Mona kann, wenn sie will, tanzen, flöten, töpfern und reiten.

Das Baby kann, wenn es will, tanzen, flöten, töpfern und reiten.

Jeden Morgen um fünf vor sieben steht Joachim Rühler auf, duscht sich, rasiert sich, zieht sich eine sommerliche Hose und ein leichtes Leinenhemd an, holt das Baby aus seinem Bett, wickelt es, zieht es an, schäumt Milch für seinen Cappuccino, wärmt Milch für das Baby, redet leise mit ihm, um Mona und mich nicht zu wecken, überfliegt den Politikteil der Zeitung, fährt sich vor dem Spiegel durch die Locken, wirft das Jackett über, befestigt die Fahrradspangen an der sommerlichen Hose, bringt mir das Baby, küsst mich auf die Stirn und verlässt um zehn nach acht das Haus, um pünktlich um halb neun bei der Arbeit zu erscheinen.

Ich bin längst wach, aber ich kann nicht aufstehen. Ich bewege langsam die Finger und die Füße, spüre die Luft in der Nase, lausche auf Jos Geräusche, die mir beweisen, dass er wirklich aufbricht, er hat den Wecker nicht überhört, er hat nicht zu lang vor dem Spiegel gestanden, er hat alles so gemacht, wie es sein soll.

Aber er braucht keine Aktentasche mitzunehmen.

Er arbeitet nicht.

Die Chefin, die ihn wiedereinstellen musste, hat sich etwas Besonderes für ihn ausgedacht.

Im Hinterhof der städtischen Verwaltungsgebäude, hinter den überdachten Fahrradparkplätzen und den Altglasbehältern, gibt es ein Containerbüro, rechteckig, mit vergitterten Fenstern, weil man auch in unserer kleinen Stadt auf Nummer sicher gehen muss, Langfinger gibt es überall. Hinter den vergitterten Fenstern, die man wegen ihrer Vergitterung nur schlecht reinigen kann, ist Platz für ausrangierte Geräte, Schreibtische, die vorübergehend nicht genutzt werden, und Praktikanten.

Derzeit gibt es keinen Praktikanten.

Jo hat das Containerbüro ganz für sich allein. Er kann sich sogar von den drei Schreibtischen, die an die dünnen Wände geschoben sind, einen aussuchen. Es gibt auch mehrere Papierkörbe und selbstverständlich Steckdosen, aber keinen Telefonanschluss, keine Klimaanlage, keine Toilette. Der Jahrhundertsommer steht unter der Decke und tickt im Wellblech.

Wie in Indien.

Und die wären noch froh, wenn sie so etwas hätten.

Zu essen habt ihr ja wenigstens.

Und wenn er pinkeln muss, kann er ja rausgehen, dahinten kommt sowieso niemand hin.

Wenn die Woche anfängt, klemmt in der Tür des Containers ein Umschlag mit Jos Arbeitsauftrag, der innerhalb der nächsten fünf Tage erledigt werden muss. Der Auftrag ist meistens eine Übersetzung ins Französische. Jo kann kein Französisch. Aber man hat ihm ein Wörterbuch zukommen lassen. Außerdem war da doch dieser Franzose, sein Freund, der wird ihm doch ein bisschen was beigebracht haben.

Jo übersetzt ins Französische: Protokolle der Konferenzen über mediale Vernetzung, Fortbildungsangebote für jüngere Mitarbeiter, Brandschutzverordnungen für öffentliche Gebäude, Sicherheitsverordnungen, Gesundheitsbestimmungen, Protokolle der Konferenzen über Reformen des städtischen Verwaltungswesens. Jeden Freitag muss Jo die Seiten, die er übersetzt hat, in einen Briefumschlag stecken, ins Hauptgebäude gehen und den Umschlag dem Pförtner aushändigen, der ihn der Chefin aushändigt, die ihn in den Müll wirft.

Sagt Jo.

Aber vielleicht liest sie es auch. Vielleicht braucht

sie dein Material für die Städtepartnerschaft. Oder für eine multikulturelle, ich meine, eine bilinguale, eine bilaterale, ach ich weiß ja auch nicht.

Jo nickt.

Vorgestern hat er sich zum ersten Mal keine Krawatte umgebunden.

Mona ist beruhigt. Wenn sie morgens langsam die Treppe herunterkommt, ihr Haar wie immer hinten verfilzt, die Ärmel ihres Schlafanzuges über die Hände gezogen, und nach Papa fragt und ich fröhlich sage, na du weißt schon, du Langschläferchen, der Papa ist längst bei der Arbeit, dann nickt sie abwesend, seufzt leise und schaut kurz aus dem Fenster nach Jos Fahrrad, das längst an der Sperrholzwand des Containers lehnt. Das Seufzen ist beruhigt und freundlich enttäuscht, weil es schön, aber nicht richtig wäre, wenn Papa da wäre, der nun kein Tierdoktor geworden ist, kein Tänzer und auch kein Radrennfahrer.

Ich will mal werden, was Papa ist, sagt sie versonnen und kratzt mit dem Buttermesser Kerben in ihr Frühstücksbrettchen.

Weißt du denn, was Papa ist?

Ja, murmelt sie und lächelt still, als teile sie mit ihm ein Geheimnis, in das sie mich nicht weiter einweihen wird. Ich frage nicht nach und nehme ihr das Messer aus der Hand. Sie merkt es nicht, sie starrt auf die Kerben in dem weichen Holz und nickt, und dann fährt sie mit dem Fingernagel in eine der Kerben und sagt laut und plötzlich ungehalten, ich habe Hunger.

Honig oder Marmelade, frage ich.

Ja, sagt sie und stützt beide Ellbogen auf den Tisch. Chef.

Wie, Chef.

Chef ist er. Der Papa ist Chef. Er schreibt in seinem Büro und bestimmt gute Sachen.

Ich starre sie an.

Hat Papa das erzählt?

Ich weiß es, sagt sie. Er hat eine Aktentasche und schwarze Schuhe. Ich werde auch mal Chef, und dann bestimme ich alle schlechten Sachen weg. Darf ich mal mit zu Papas Arbeit?

Ich wende mich ab und träufele Honig auf ihr Brot, aber sie wartet auf meine Antwort.

Tja, sage ich hilflos, das passt vielleicht jetzt nicht so, weißt du.

Unseren Rechtsanwalt kenne ich nicht. Eigentlich ist er Jos Rechtsanwalt, aber Jo nennt den Prozess unseren Prozess und auch den Rechtsanwalt unseren Rechtsanwalt, also lasse ich diese behauptete Gemeinsamkeit im Raum stehen, ich will uns ja nicht den Boden unter den Füßen wegziehen.

Den Ast absägen, auf dem wir sitzen.

Unseren Rechtsanwalt also kenne ich nicht, aber er ist Gold wert, denn nicht nur hat er unseren Prozess gewonnen, sondern vor und nach jedem Termin mit ihm schläft Jo eine Nacht durch.

Morgen treffe ich unseren Rechtsanwalt, sagt er und trinkt seinen Wein in einem Zug. Dann geht er rasch zu Bett, und ich seufze erleichtert und mache eine Liste, auf der ich in kleinen ordentlichen Buchstaben für Jo Stichpunkte festhalte, weil ich Angst habe, dass er die wichtigen Dinge vergisst.

Der Abend vor dem Termin ist lang und ruhig, ich lausche auf das Scharren der Meerschweinchen und das leise Poltern, wenn sich das Baby im Schlaf gegen die Gitterstäbe wirft, und schreibe für Jo die Liste, die er niemals mitnimmt, und dann schreibe ich noch eine Einkaufsliste und eine Liste für mich selbst, mit all dem, was ich schon seit Monaten tun will, nach Wichtigkeit geordnet.

Ganz oben steht: Verlage kontaktieren.

Zweitens: Katrin anrufen.

Drittens: Therapie?

Viertens: Sommerferien.

Dieses Jahr werden wir keine Sommerferien machen. Viele Leute machen keine Sommerferien. Man kann sehr gut auch zu Hause Sommerferien machen. Man muss nicht unbedingt Sommerferien machen. Nächstes Jahr machen wir wieder Sommerferien.

Warum machen wir keine Sommerferien? Alle Kinder machen im Sommer Sommerferien.

Weil wir dieses Jahr nicht so viel Geld haben.

Warum haben wir nicht viel Geld?

Du meinst, dieses Jahr nicht so viel Geld?

Ja.

Weil – weil sich doch Papa auf der Arbeit gestritten hat, und dabei hat uns jemand geholfen, ein Rechtsanwalt, und der kostet viel Geld, und außerdem geht der Streit vielleicht weiter, und solange wir das alles nicht wissen, bleiben wir besser hier.

Ach so. Warum kann sich Papa nicht alleine streiten?

Weil der Streit so schlimm ist.

Wenn du dich mit Papa streitest, habt ihr dann auch einen – Rechtsanwalt?

Nein – nein!

Katrin macht eine Fernreise. Die anderen Mamas und Papas aus dem Kindergarten fahren nach Holland an den Strand, nach Korsika an den Strand, nach Südfrankreich an den Strand, an die ligurische Küste an den Strand oder in die Schweizer Alpen. Schweden. Bretagne. Provence. Toskana.

Bist du neidisch?

Wie kindisch.

Der Sommer verspricht heiß zu werden. Ich werde mit Mona und dem Baby in den Park gehen, wo sie eine neue Brunnenanlage gebaut haben, Fontänen schießen in versetztem Rhythmus aus dem Boden wie auf Island und prasseln auf Kinderköpfe, dann versiegen sie plötzlich, die Kinder verharren, warten kichernd, mit gespreizten Fingern und aufgerissenen Augen, bis auf einmal wieder ein Wasserschwall aus den Löchern bricht und vom Sommerwind hin und her geschwenkt wird, das ist besser als Schwimmbad, da werden wir sein, ich auf einer Bank, Mona zwischen den Wasserbögen tanzend, das Baby in den Pfützen, trockene Kleidung zum Wechseln werde ich bei mir haben, wie immer.

Und warum sind Sie nicht in Urlaub?

Ach, wir bleiben dieses Jahr mal hier. Die Kinder vertragen keine langen Autofahrten.

Unser Rechtsanwalt macht Sommerferien.

Willst du ihm das vorwerfen?

Ich denke in Endlosschleifen. Ich schlussfolgere. Ich beziehe alles auf mich. (Punkt drei: Therapie?) Als Jo damit anfing, war ich verstört, aber es ist ansteckend. Ich tue es jetzt auch. Ich denke folgende Gedanken:

Unser Rechtsanwalt macht Sommerferien. Das hat er selber gesagt. Er bezahlt die Sommerferien mit dem Geld, das wir ihm gegeben haben. Also bezahlen wir ihm die Sommerferien. Wenn wir ihn nicht bezahlt hätten, könnten wir in Sommerferien fahren.

Aber hör mal, ruft Jo, und ich bin froh, dass er mich unterbricht, denn ich spüre, wie Bitterkeit und ein verquerer Trotz meine Mundwinkel nach unten ziehen, ich gönne diesem Rechtsanwalt, der doch für uns das Recht erstritten hat, nichts. Du spinnst, sagt Jo.

Und natürlich hat er recht. Ich weiß es. Ich höre ihm zu, wie er meinen Gedankengang auseinandernimmt, hör mal, sagt er, du weißt genau, dass wir ohne ihn nicht gewonnen hätten, natürlich kriegt er dafür sein Geld, was willst du denn.

Warum bist du nicht Rechtsanwalt geworden, sage ich, und dieser Gedanke ist so unsinnig, dass ich anfange zu lachen, aber Jo lacht nicht.

Du bist wohl nicht zufrieden mit mir, sagt er leise.

Na bist du etwa zufrieden, lache ich, du sitzt im Container und schreibst Müll, und wenn ich dich abends frage, wie es war, sagst du, du hättest nichts dazu zu sagen, und damit soll ich zufrieden sein. Bist du es denn.

Du hättest wohl lieber so einen Rechtsanwalt, sagt Jo, so einen Anwalt der Armen und Geschlagenen, der für die Wahrheit kämpft und mit dir nach Kuala Lumpur fliegt.

Kuala Lumpur wäre nicht schlecht, lache ich.

Aha, sagt Jo leise. Na dann geh doch, und such dir einen.

Ich kenne ihn ja noch nicht mal, deinen Rechtsanwalt, sage ich, das Lachen ist mir nun auch vergangen, sieht er wenigstens gut aus.

Er: Geh doch und such dir was Besseres.

Ich: Geholfen hat er ja auch nicht, der tolle Sieg.

Er: Wieso.

Ich: Na schau dich doch an in deinem Container.

Er: In meinem Container?

Ich: Und das soll ein Sieg sein? Das soll die Wahrheit sein?

Er: Meinst du, ich habe mir das ausgesucht? Wir sind im Krieg!

Ich: Geht das schon wieder los?

Er: Man kann sich eben nicht aussuchen, wann der Krieg zu Ende ist.

Ich: Hör auf. Hör auf.

Er: Gut. Ich sage nichts mehr. Am besten gar nichts mehr.

Ich: Jetzt stehst du einfach auf. So einfach machst du dir das. Stehst auf und lässt mich hier sitzen.

Er: Mir fällt nix mehr ein. Gar nix mehr.

Ich: Dann ist also der Abend zu Ende?

Er: Gar nix mehr.

Ich: Ist das dein letztes Wort?

Er: schnauft.

Ich: Von dir ist nichts mehr übrig.

Dieser Satz ist ungerecht. Ich bin weise genug, ihn nur leise auszusprechen.

Es ist so: Von diesem Jo, der mir vor neun Jahren auf der Verlagsparty zuprostete, der sich neben mich stellte, als er sah, dass ich allein an der Wand lehnte, der mit mir über die immergleichen Lachshäppchen lachte und mir von seiner Reise durch Westkanada erzählte, von der Espressomaschine im Rucksack, die natürlich unsinnig schwer war, und dem unglaublichen Duft nach frisch gebrühtem Espresso am Lagerfeuer, von diesem Jo ist fast nichts übrig.

Dieser Jo war höflich und verschmitzt, einfallsreich und elegant. Dieser Jo legte mir jeden Samstag gelbe Rosen vor die Tür meiner Wohngemeinschaft, bis ich endlich auszog. Zu ihm. Dieser Jo hatte ein geräumiges Büro und ging auf Reisen, von denen er mir kleine Dinge mitbrachte, einen Ring aus Olivenholz, den Backenzahn eines Walfischs, einen von der Brandung kugelrund geschliffenen Kiesel. Dieser Jo hatte Kontakte und pflegte sie, man rief ihn an, manchmal auch, wenn es dringend war, nach Feierabend, sein dunkles Jackett stand ihm gut, er lud zum Essen ein und wurde eingeladen, er lud mich ins Theater ein, er schenkte mir ein Konzertabonnement, wir radelten hin, die schönen Kleider mit Wäscheklammern hochgesteckt, damit kein Fahrradöl sie verschmierte, und wenn wir ankamen, trafen wir schon die ersten Bekannten, man nickte uns zu, wir lächelten uns an. Wenn wir Fahrrad fuhren und ich am Berg absteigen musste, fuhr er bis auf den Gipfel, dann drehte er um, kam zu mir zurück und schob mit mir noch einmal hoch. Wenn ich mich mit einer Übersetzung herumschlug, kochte er mir Hähnchen in Rotwein. Wenn ich über das schlechte Seitenhonorar jammerte, übte er mit mir den Gang zum Lektor. Du musst wissen, was du wert bist, sagte er zu mir, ich weiß es, und er sah mich so an, dass ich wusste, was ich wert war.

Ich war die zweifelnden Blicke der früheren Liebhaber gewöhnt, ihr Zögern, ihr spielerisches Warten. Jo spielte nicht. Er sagte Sätze, die ich aus Filmen kannte und mir nicht zu wünschen wagte.

Ich kann ohne dich nicht leben.

Von diesem Jo ist fast nichts mehr übrig. Nicht mehr übrig sind: sein Übermut, seine Weltgewandtheit, die gelben Rosen, das Grüßen und Gegrüßtwerden, seine Kraft, das Büro, die Reisen, die Mitbringsel, der Glanz in seinen Augen, die Entschlossenheit, die Telefonanrufe.

Wie soll er jetzt noch wissen, was er wert ist?

Wie soll ich jetzt noch wissen, was ich ihm wert bin?

Wenn doch wenigstens jemand anrufen würde.

Nachts liegen wir nebeneinander, unsere Füße berühren sich immerhin. Ich atme leise und gleichmäßig, um ihn in die Einförmigkeit des Schlafes zu ziehen. Ich will ja, dass er schläft. Wenn er nicht schläft, verspannt sich seine Nackenmuskulatur, und ihm wird wieder schwindelig. Dann muss ich ihn krankmelden. Ich weiß aber nicht, bei wem. Im Container ist ja niemand anders.

Er atmet wie ich, um mir zu beweisen, dass er

schlafen kann. Er will, dass ich mir keine Sorgen um seinen Schlaf mache. Sonst kann ich ja nicht schlafen und werde vielleicht krank.

Was ist, wenn ich krank werde.

Wieso, dann kommt meine Mutter, wie immer.

Wie immer ist falsch gesagt, ich war, seit es Mona gibt, nur einmal richtig krank, eine Lungenentzündung ließ mich drei Wochen husten und drei Wochen elend auf dem Sofa lagern, und Jos Mutter stand die ganze Zeit in der Küche, bügelte und faltete Küchenhandtücher. Wenn Mona spielen wollte, bekam sie einen Keks zwischen die Zähne oder ein Kinderbügeleisen in die Hand gedrückt, das Jos Mutter ihr mitgebracht hatte, eine überraschend perfekte Miniatur mit Wärmeregler und Kabel, mit dem Mona eingearbeitet werden konnte. Ich krümmte mich vor Elend und spürte, wie die Anwesenheit dieser Mutter mir unter die Haut rann und mich noch matter machte. Ich rief nach Mona und las ihr auf dem Sofa hustend Bilderbücher vor, und Jos Mutter schüttelte den Kopf, Kinder müssen sich auch mal allein beschäftigen, also ich weiß nicht, bei meinen war das jedenfalls so, fünf Kinder, da kann man nicht dauernd mit jedem herumtüddeln. Bei einem Einzelkind hat man natürlich mehr Zeit.

Spielen ist nicht herumtüddeln, wollte ich sagen,

aber es war zu anstrengend, den Mund zu öffnen und die Stimme zu erheben, und außerdem konnte ich froh sein, dass sie sich um uns kümmerte.

Ich helfe gerne, sagte sie triumphierend und stand vor dem Sofa, auf dem ich mit abgewandtem Kopf lag, Mona verbarg ihr Gesicht an meinem Hals, aber Jos Mutter schlug die Decke zurück und griff nach Monas Hand, komm, Schatz, du darfst dich nicht bei deiner Mama anstecken, jetzt spielst du mal alleine.

Als wir den Prozess gewannen, kam sie zwei Tage später mit Blumen, die ich versuchte schön zu finden, und schüttelte mir und Jo die Hand.

Herzlichen Glückwunsch zu eurem Erfolg.

Sie nickte zufrieden, als hätte sie mit nichts anderem gerechnet, und ließ Jos Hand nicht los, du bist eben wie dein Vater, lässt dir nichts vormachen.

Mutter, fing Jo an und warf mir einen Blick zu, aber ich zuckte mit den Schultern und schüttelte leicht den Kopf.

Jetzt geht es wieder aufwärts, sagte Jos Mutter, jetzt ist die Sache erledigt, und sie sagte nur, was alle dachten, die uns gratulierten, die Freunde, die Bekannten.

Die Sache ist erledigt.

Das war eine harte Zeit. Aber jetzt liegt sie hinter euch.

Irgendwann ist eben Schluss mit der Ungerechtigkeit.

Und jetzt macht ihr einen neuen Anfang.

Das wird euch guttun.

Endlich, so dachten alle, und so dachte ich, wäre wieder etwas mit uns anzufangen.

Unglückliche Freunde sind auf Dauer sehr anstrengend. Sie reden immer über das Gleiche. Jetzt, dachten alle, könnten wir wieder mit dem Glück der anderen mithalten, man hätte wieder Anknüpfungspunkte, wir könnten wieder ins Kino, Bücher lesen, Urlaub machen, wir hätten endlich wieder ein offenes Ohr für andere.

Das wollten wir auch, wir kauften Sekt und luden alle ein und standen zu zehnt oder zwölft auf der Terrasse, Jo weigerte sich, etwas zu sagen, aber ich fand, man müsse das Kind beim Namen nennen und die alten Gespenster austreiben, wir haben gewonnen, sagte ich laut und erhob mein Glas, es ist geschafft, Jo würde sagen, der Krieg ist gewonnen. Jo schaute verlegen zu Boden, mein Held, mein Kämpfer, wie gut hat er sich gehalten, doch, rief ich lauter als sonst, ich hatte schon vorher zwei Gläser getrunken, um mich in Stimmung zu bringen, ihr könnt mir glauben, das war keine einfache Zeit, aber jetzt fällt diese Last von uns ab, und wir können wieder Spaß haben, nicht wahr, mein Schatz, und ich zog Jo zu mir, der mich abwehrte und meine Hand abschüttelte, aber das ließ ich nicht gelten, ich war wirklich erleichtert, und Jo sollte mit mir und unseren Freunden feiern, das hatten wir uns verdient.

Jo wich zurück, aber er kam nicht weit, die Freunde umschlossen uns, und jemand rief, auf die Gerechtigkeit, und es war klar, dass damit die Sache beendet war, wir tranken die Gläser aus und redeten über den Frühling und über Urlaubspläne, man muss ja nicht in seinem eigenen Unglück baden, man muss sich mal einen Ruck geben und die Dinge hinter sich lassen.

Jo, der jeden Abend sein Viertel Weißwein braucht, trank an diesem Abend nur ein halbes Glas Sekt.

Ich verstehe dich nicht. Bist du denn nicht froh.

Doch doch, sagte er, doch, aber ich weiß nicht.

Was weißt du nicht?

Das ist nicht das Ende. Das geht noch weiter.

Ich stand am Spülbecken und hielt die Gläser unter heißes Wasser, der Sekt pulsierte in meinen Fingern und heißen Wangen, einmal feiern, dachte ich, einmal über die Stränge schlagen, warum kann er nicht wenigstens so tun, und ich nahm, ohne zu überlegen, ein Glas und schlug es gegen den Wasserhahn.

Du Spielverderber.

Jo schaute auf, sah die zarten Scherben im Spülbecken und kam mit einem Lappen.

Verstehst du nicht.

Spielverderber, zischte ich und fasste in die Scherben, damit er mir nicht zuvorkam, ich wollte mich schneiden und tat es auch und hielt die Hände hoch, damit das Blut in die Scherben tropfte und Jo alles sah.

Du kannst nicht mehr feiern. Du bist vergiftet.

Du bist betrunken, sagte Jo, sag lieber nichts.

Alle kommen, um mit uns zu feiern, aber du willst ja nicht raus aus dem Loch.

Hör mal, so einfach ist das nicht, wir haben gewonnen, gut, aber sie werden in Berufung gehen, sie werden mich weiter in die Ecke treiben, das hört nicht einfach so auf.

Doch, schrie ich und schlug ihm die blutigen Hände gegen das Hemd, damit es verschmierte, doch, das hört jetzt auf.

Blut lässt sich ganz schlecht auswaschen. Da bleibt immer etwas zurück.

Was erwartest du denn, sagte auch Katrin, der ich am Telefon erzählte von den Freunden, die nun auch mal über anderes reden wollen. Die im Unglück ein Stück mit dir gehen, aber nur so weit, ziemlich weit, aber man muss auch seine Grenzen kennen.

Erwartest du die völlige Selbstauflösung, fragte Katrin, die uns immer noch nicht besucht hat, weswegen ich aufgehört habe, sie einzuladen.

Natürlich nicht, rief ich, ich erwarte nur ein kleines bisschen Solidarität, ein offenes Ohr, ein kleines bisschen Unterstützung.

Meinst du nicht, ihr hättet schon genug davon bekommen, sagte Katrin. Ich hörte ihrer Stimme an, dass sie auch fand, man müsse seine Grenzen kennen und einen Strich ziehen.

Ihr werdet blind, sagte Katrin, blind für die Nöte anderer.

Überrascht schwieg ich.

Hallo, sagte Katrin, bist du noch da.

Welche Nöte anderer, fragte ich schnell, geht es dir nicht gut, ich frage doch immer, wie es dir geht.

Man hört ja an der Frage, ob der Frager es wirklich wissen will.

Was soll das denn! Natürlich will ich es wissen! Wie geht es dir?

Soll ich dir jetzt auf Kommando mein Herz ausschütten?, fragte Katrin. Seit Monaten höre ich immer nur eure Kriegsberichterstattung. Ich habe dir schon öfters gesagt, dass die wirklichen Kriege dieser Welt woanders stattfinden. Ihr habt riesiges Pech gehabt, und jetzt habt ihr gewonnen, und hoffentlich wird alles wieder besser, und du kannst dich wieder für anderes interessieren.

Ich schweige. Wenn sie unser Unglück Pech nennt, kann sie mich mal.

Hallo, bist du noch da, sagt sie.

Ich weiß wirklich nicht, was ich sagen soll. Katrin, sage ich mit zittriger Stimme, warum hast du das nicht schon vorher gesagt.

Du wolltest es nicht hören.

Du hast es ja auch nicht versucht.

Zu dir war kein Durchdringen, sagte Katrin, und ehrlich gesagt, so viel besser ist es immer noch nicht.

Wem soll ich denn jetzt noch von Jo erzählen. Von dem Container, von den Mücken in der Nacht. Von der brennenden Luft in meinen Atemwegen.

Die Nachbarn im großen Fenster direkt gegenüber stehen nun nicht mehr früher auf als wir. Unsere Espressomaschine ist kleiner, aber Jo bedient sie jeden Morgen, jeden Morgen stehen wir auf wie alle, wir gehören wieder dazu. Wenn sie zu uns herüberschauen, sehen sie Jo mit aufgekrempelten Ärmeln, bereit für das Tagwerk, die kleinen, feinen Rituale verrichten, an denen man sehen kann, wer dazugehört.

Da können wir doch wirklich froh sein.

Schließlich habe ich Xenia davon erzählt. Xenia ist Luzis Mutter, und Luzi ist Monas beste Freundin. Sie sitzen nebeneinander auf dem Sofa, Luzi und Mona, die Köpfe zusammen über dem Bilderbuch, das Mona Luzi vorliest. Natürlich kann sie noch nicht lesen, aber sie zeigt auf die Bilder und denkt sich eine passende Geschichte aus, die sie Luzi in einem leicht singenden, gleichmäßig verhaltenen Tonfall vorträgt. Luzi ist es egal, ob Mona wirklich liest oder nicht, sie schaut vor sich hin und hört ihr zu, und dabei berühren sich ihre Oberarme und ihre Schläfen, manchmal liegen sogar ihre Beine übereinander, sie sind wie die Meerschweinchen, die sich in ihrem zu eng gewordenen Holzhaus übereinander schieben, es kann nicht eng genug sein.

Wenn uns jemand nehmen, uns so die Arme um die Schultern, die Beine übereinander, die Stirnen aneinander schieben könnte, die Lippen aufeinander, unsere Atemzüge ineinander legen könnte, dann, nur dann könnten wir vielleicht schlafen.

Luzi und Mona treffen sich seit einigen Monaten fast jeden Nachmittag, und wenn Xenia mit Luzi vor der Tür steht, bitte ich sie, seit Jo wieder arbeitet, oft hinein, und wir trinken einen Tee, während das Baby mir trockene Spaghetti aus der halb offenen Packung reicht oder Zwiebeln aus dem Gemüsekorb, es ist kein Baby mehr, es läuft herum und spricht mit mir, aber ich kann nicht aufhören, es so zu nennen.

Ich glaube nicht, dass zu mir kein Durchdringen war. Schließlich sind auch Mona und das Baby zu mir durchgedrungen. Ich glaube eher, dass bei Jo kein Durchdringen ist und dass Katrin uns verwechselt oder über einen Kamm schert, und dass auch bei Katrin kein Durchdringen ist. Das werde ich ihr beim nächsten Mal sagen.

Jedenfalls hatte Xenia keine Ahnung, was bei uns passiert ist, wir redeten über das Baby, sie wünscht sich auch noch eins, über Monas und Luzis Freundschaft, über die Frage, ob es mit fünf zu früh für Instrumentalunterricht ist, und ansonsten sieht bei uns alles ähnlich aus wie bei ihr, ich war auch schon öfter in ihrer Wohnung, ihr Mann arbeitet, so wie meiner, einige Spielsachen liegen verstreut auf dem Boden, aber nicht zu viele, weil sie Luzi hinterherräumt so wie ich Mona, und wir waren uns einig, dass die Kinder bald lernen müssen, das selbst zu erledigen.

Hoffentlich ist es nicht sogar schon zu spät, sagte Xenia.

So sind wir uns in manchem einig, und ich dachte, ich könnte ihr ein bisschen von uns erzählen, sie würde dann auch von sich sprechen, und wir könnten uns ein wenig anfreunden.

Wie kann man also sagen, ich sei blind für andere.

Es regnete leicht, und das Baby schlief noch, die Mädchen spielten, es war sehr ruhig. Auch ich war sehr ruhig, und Xenia saß nachdenklich am Küchentisch und schaute hinaus in den Regen, und dann fragte sie, was mein Mann denn so mache.

Ich hatte zwei Möglichkeiten zu antworten: vollständig oder unvollständig.

Ich wählte die vollständige Antwort, obwohl es eigentlich keine Wahl war. Ihre Frage hing noch über dem Küchentisch, da zerbrach in mir eine Sicherheitsvorrichtung, und ich redete los. Mit gesenktem Kopf erzählte ich alles, vom ersten Tag der Chefin bis zum Prozess, ohne Xenia anzuschauen. Sie sagte nichts, machte auch nicht die üblichen Begleitgeräusche, mit denen man zu zeigen pflegt, dass man ganz Ohr ist.

Und jetzt, sagte ich schließlich, ich muss mindestens zwanzig Minuten geredet haben, jetzt sitzt er in einem Container und macht Müll.

Da schlug Xenia mit der flachen Hand auf den Tisch. Ich erschrak leicht und hob den Blick. Auch die Kinder schauten kurz herüber. Xenia lächelte ihnen zu. Dann sagte sie zu mir, wie kannst du das sagen.

Was denn.

Wie kannst du sagen, er macht Müll.

Er sagt es doch selbst, sagte ich hilflos. Und es stimmt. Sie lassen ihn nichts Richtiges mehr machen, es ist nur Papiermüll, der gleich im Abfall landet, verstehst du.

Wenn du ihm das einredest, fuhr Xenia dazwischen, dann machst du ihn doch fertig. Du musst ihn unterstützen. Respektieren. Nach alldem. Nach dieser Tortur. Du musst ihm klarmachen, dass seine Arbeit zählt.

Sie schaute mich an, als hätte ich mich an Jo vergangen. Ich konnte es nicht fassen. Ich spürte ein Brennen unter den Rippen und bereute jedes Wort.

Vergiss es, sagte ich schnell, lass gut sein. Wahrscheinlich kannst du dir unsere Situation nicht genau vorstellen, das verstehe ich.

Es kommt auf die Einstellung an, rief Xenia, sie schrie nun fast, Mona und Luzi kamen zu uns herüber und drängten sich an den Tisch. Xenia hielt die flache Hand knapp über der Tischfläche, als wolle sie gleich wieder schlagen.

Wenn du Müll sagst, ist es Müll. Wenn du Gold sagst, ist es Gold.

Was ist Gold, fragte Mona.

Aber Xenia, rief ich, so einfach ist es doch nicht, wir sind doch nicht im Märchenland, sonst würde ich immer nur Gold sagen.

Du versuchst es ja noch nicht einmal, zischte Xenia, du siehst nur Müll.

Wir starrten uns an. Sie senkte zuerst den Blick. Die Kinder wurden weinerlich.

Streitet ihr, fragte Luzi, und Mona rief schnell, ihr sollt nicht so laut sein.

Ja, sagte Xenia, wir sollten nicht so laut sein.

Du, sagte ich, du solltest nicht so laut sein.

Ja, sagte Xenia, entschuldige. Ich weiß nicht, was da über mich gekommen ist.

Das Brennen unter meinen Rippen hatte sich im ganzen Brustraum verteilt. Ich hätte dieser Xenia nichts erzählen dürfen. Ich werde gar nichts mehr erzählen. Man handelt sich nur Ärger ein. Unglück ist eben nicht gefragt. Wenn du Gold sagst, ist es Gold.

Abends fragte ich Jo, ob er auch fände, dass er Müll mache.

Natürlich, sagte er, was denn sonst. Das ist noch untertrieben. Ich mache Scheiße, so einfach ist das. Oder noch schlimmer, ich mache nichts. Ich bin ein Nichtsnutz, und er lachte.

Andere Vorschläge von Freunden und Bekannten zur Verbesserung der Situation:

Erstens: Augen zu und durch.

Zweitens: Das kann ja nicht ewig so gehen.

Drittens: Er kann ja auch mal krank feiern.

Viertens: Wenigstens seid ihr nicht ernsthaft krank.

Fünftens: Wenigstens sind eure Kinder gesund.

Sechstens: Du könntest doch mal wieder arbeiten gehen. Schließlich bist du keine Prinzessin, oder. Er hat seinen Teil getan, jetzt bist du dran. Dann kann er sich erholen.

Ja, ich weiß ja. Es steht schon auf meiner Liste. Beim Verlag anrufen.

Auf der Liste? Auf der Liste hilft es niemandem. Gib dir mal einen Ruck. Oder bist du dir zu fein.

Mir ist nun klar, dass niemand ganz auf meiner Seite ist, weder Katrin noch all die anderen Freunde, auch Xenia nicht, selbst Jo nicht. Dieses Gefühl ist mir neu. Ich beginne zu ahnen, wie sich Jo als einsamer Krieger fühlen muss. Vor jedem, und zwar wirklich jedem Gespräch muss ich mich von nun an rasch vergewissern, dass die Sicherheitsvorrichtungen standhalten: eine Art interne Wartung. Unter jedem Satz flackert die Not. Die Leute merken das und weichen zurück. Man kommt auf jeden Fall ungeschoren davon.

Auch mit Jo habe ich begonnen, die interne Wartung durchzuführen.

Es hilft. Wir unterhalten uns kaum noch. Es gibt ja auch, abgesehen vom Container und den Kindern, wenig zu sagen, ohne die Kontrolle zu verlieren. Schweigen ist Gold, heißt es doch. Das muss ich Xenia erzählen.

Also sitzen wir abends gemütlich beisammen und schweigen, manchmal mache ich Atemübungen, die mir eine Kindergartenmutter gegen das Brennen in der Nase empfohlen hat, und Jo schaut herüber, wenn ich die Luft laut ein- und aussauge.

Alles in Ordnung?

Ja klar.

Jo blättert in den Zeitungen, obwohl er das auch

im Container tun könnte, er könnte sich etwas Gutes zu lesen mitnehmen, es sähe ja keiner. Aber er sagt, man könne ihn jederzeit kontrollieren, so etwas sei ein Kündigungsgrund, ob ich das etwa wolle.

Nein, natürlich nicht. Im Grunde nicht.

Die Zeit zerrinnt ihm dort im Container, sie löst sich in nichts auf, er kann sie in Altpapier messen. Vier oder fünf Bögen Altpapier am Tag werden es schon sein.

Dagegen kann ich doch froh sein, meine Zeit ist angefüllt, sie quillt über mit Bringen und Abholen, Wickeln und Vorlesen, Streicheln und Sprechen, ich habe Kinder, die mich anfassen, bezupfen, beklecken, herbeiwinken und wegstoßen, die sich auf meinen Schoß manövrieren und an meinen Ohrringen zupfen, die Milchbecher umstoßen, Bilder mit riesigen lachenden Sonnen malen, die ich an den Kühlschrank klebe, obwohl es draußen heiß ist, aber eine lachende Sonne darf man sich nicht entgehen lassen, sie streckt kosend ihre Strahlen nach mir aus wie leuchtende Fangarme.

Au male, ruft das Baby, wenn es Mona mit ihren Stiften am Tisch sieht, und klopft gegen das Tischbein, bis ich es in sein Stühlchen setze, ihm ein Lätzchen umbinde und die Wachsmalkreiden in die Hand gebe. Dann macht es sofort ausladende Schwünge über die Tischplatte, schnell schiebe ich ihm ein Papier unter, und ein brauner Strich durchkreuzt das Weiß. Oh, macht das Baby überrascht und versucht es gleich noch mal, zwei heftige Linien, ein rascher Kritzel, o ja, falle ich ein, du malst ein Bild, schön! Mona wirft einen Blick auf das Gekritzel und verzieht verächtlich den Mund, na ja, sagt sie leise, aber das Baby hört sie nicht. O sön, sagt es und schaut immer wieder vom Papier zu mir, mama au.

Manchmal ist es auch still und wendet die Seiten eines Bilderbuchs, Mona summt selbstvergessen vor sich hin, und ich höre die angefüllte Zeit langsam im Raum pulsieren, aber vielleicht ist es auch mein eigener Pulsschlag, kaum zu sagen.

Störgeräusche

Alle zwei oder drei Wochen drehen nachts die Meerschweinchen durch. Dann sitzen sie seltsam erstarrt in ihren Ecken, die Augen weit aufgerissen, man ahnt schon, dass es mit der Ruhe nicht weit her sein wird, und wirklich, kaum ist Jo eingeschlafen, ich liege meistens still neben ihm, wage nicht zu lesen oder mich auch nur umzudrehen, damit sein feiner Schlaf nicht zerreißt, da beginnt das Trillern der Meerschweinchen. Es ist kein Vogelgeräusch und kein Pfeifen, eigentlich ist es überhaupt kein tierischer Laut, sondern eine Art mechanisches Schrillen, das mich beim ersten Mal entsetzt in die Höhe trieb, weil ich keine Ahnung hatte, woher es kam.

Ich tappte im Halbschlaf die Treppe hinunter, rasch, um das Störgeräusch zu unterbinden. Die Kinderzimmertüren waren geschlossen, daher kam es auch nicht, es kam aus dem Käfig, wo zwei kleine starre Pelztiere mit erhobenen Köpfen hockten und grelle, unnachgiebige Laute ausstießen. Ich schlug gegen den Käfig, aber es half nicht, auch nicht, als ich eines nach dem anderen herausnahm und leicht schüttelte, nicht zu grob, um die zarten Geschöpfe nicht zu beschädigen. Ihr Geschrei war nicht zart und brach nur ab, solange ich drohend über ihnen verharrte. Sobald ich zwei Stufen nach oben stieg, brach es wieder los.

Inzwischen war Jo längst aufgewacht, ich spürte es, als ich ins Schlafzimmer trat, obwohl er sich nicht rührte. Er lag still und atmete gleichmäßig, so waren die Spielregeln, als ob es so leichter wäre, in den Schlaf zurückzufinden. Es half aber nicht.

Vorschläge von Freunden und Bekannten zur Verbesserung der Situation:

Erstens: Baldrian.

Zweitens: Baldriantee.

Drittens: Autogenes Training.

Viertens: Warme Milch mit Honig.

Fünftens: Alle Sorgen aufschreiben und unters Kopfkissen legen.

Sechstens: Therapie.

Siebtens: Atemübungen.

Ich kann dir Atemübungen zeigen, sagte ich zu Jo, vielleicht helfen die.

Jo lachte.

So, meinst du. Schaff lieber die Meerschweinchen ab.

Die Meerschweinchen können wir aber nicht abschaffen, wir haben sie ja gerade erst angeschafft. Als wir den Prozess gewonnen hatten, holten wir Mona vom Kindergarten ab und gingen in die Pizzeria, um zu feiern. Das Baby riss große Fetzen von der Familienpizza ab und schlug damit auf die Tischdecke, Mona blubberte mit dem Strohhalm in ihrer Limonade, das alles war nicht erlaubt, aber wir sagten nichts, wir prosteten uns zu, weil wir gewonnen hatten und guter Hoffnung waren, unser Leben könnte uns wieder Vergnügen bereiten, und dies sollte der Anfang sein.

Mate, sagte das Baby.

Tomate, schrie Mona, es hat Tomate gesagt.

Tomate, sagten wir begeistert und schauten uns in die Augen. Dann sagte Jo zu Mona, Schatz, wir feiern heute, weil Papa sich jetzt nicht mehr ärgern muss.

Ja, sagte Mona, als wäre ihr das längst klar.

Wünsch dir was, Schatz, sagte Jo, heute gibt es wirklich was zu feiern.

Meerschweinchen, sagte Mona sofort.

Jo hörte nicht richtig hin, er bestellte noch einen Prosecco für sich und einen für mich, klar, sagte er, das kriegst du.

Ein weißes und ein braunes, sagte Mona.

Ja klar, sagte Jo, doppelt gemoppelt hält besser, und wir stießen an. Fünf Tage später stand im Flur neben Monas Zimmer ein sperriger Käfig mit einem weißen und einem braunen Meerschweinchen, und wir warteten darauf, dass Jo sich nicht mehr ärgern musste.

Wir pflückten Löwenzahn und Gras und legten sie den Meerschweinchen hin. Das Baby stellte sich dicht an den Käfig und zupfte einzelne Heuhalme aus der Raufe, die es zwischen den Gitterstäben durchschob.

Die Meerschweinchen schreckten zurück und drängten sich in die hintere Käfigecke. Das Baby schlug fordernd auf das Gitter und legte den Kopf schräg. Hmm Mawein, sagte es lockend mit genau der gleichen hohen Stimme, die auch Mona und ich benutzen, um die Meerschweinchen an uns zu gewöhnen.

Komm, lass die Meerschweinchen, die wollen in Ruhe fressen.

Das Baby ging in die Hocke, um den Meerschweinchen beim Fressen zuzuschauen, aber sie drängten sich verängstigt aneinander und rührten nichts an. Als eins rasch den Kopf hob, um zu sehen, ob wir endlich weg waren, jubelte das Baby, da Mawein, schrie es begeistert, drehte sich zu mir um und zeigte immer wieder auf die Tiere, da, da.

Als sie das erste Mal nachts grell pfiffen, gingen wir am nächsten Tag in die Zoohandlung und fragten, was man tun könne. Der Auszubildende, der für Nagetiere zuständig war, zuckte mit den Schultern.

Das machen die halt.

Warum denn, fragte ich, ist das ein Warnschrei oder was.

Die machen das eben.

Er griff neben sich in das Gehege und hob ein junges Zwergkaninchen hoch.

Warum nehmen Sie nicht so eins, die sind ganz still.

Ja, rief Mona, das nehmen wir auch noch.

Hör mal, sagte ich, wir haben jetzt die Meerschweinchen, du hast sie dir gewünscht, jetzt sind sie da.

Mona kniete sich vor das Gehege. Die Kaninchen drängten sich in dem Häuschen, das sie vor den Blicken der Leute schützte. Nur eines, ein weiches graues mit weißen Pfoten, saß unter der Heuraufe, die Ohren angelegt, und streckte sich nach dem Futter. Eigentlich will ich lieber einen Hasen, murmelte Mona und schaute zu dem Verkäufer hoch, der das Tier in einer Hand hielt und Mona zunickte.

Hier schien sich mir eine Verschwörung anzubahnen. Das könnte Ihnen so passen, sagte ich heftig zu dem Verkäufer, Hauptsache Geld her, die Tiere sind Ihnen wohl egal.

Mama, sagte Mona, warum bist du böse, aber ich war nicht böse, ich war mit Recht wütend und maßlos enttäuscht, unser großes Geschenk hatte seine Wirkung schon verspielt, Jos Festtag war vergessen.

Sollen wir die Meerschweinchen in den Mülleimer schmeißen, sagte ich scharf und leise.

Mona erstarrte, dann warf sie sich gegen meine Knie und fing an zu weinen.

Dann sind sie weg, und wir haben Platz für

ein nagelneues Kaninchen. Und wenn das uns zu langweilig wird, schmeißen wir es weg und kaufen ein anderes Tier.

Mona heulte und zerrte an mir, Mama, Mama, hör auf, sei nicht böse.

Ich stand da in strahlender Wut und schaute auf das, was ich angerichtet hatte. Schon gut, murmelte der Verkäufer und setzte den Hasen wieder in das Gehege. Sie kann ja noch mal darüber nachdenken.

Zu Hause lief Mona gleich zu den Meerschweinchen und riss sie aus dem Käfig, sie konnte sie noch nicht richtig hochheben, und die Tiere waren noch viel zu scheu, aber eins hatte sie schon erwischt, obwohl es mit den Hinterbeinen ruderte, und das andere hielt sie am Nackenfell, dann presste sie beide an ihren Pulli. Entschuldigung, murmelte sie immer wieder, Entschuldigung, Entschuldigung, ihr kommt nicht in den Mülleimer.

In dieser Nacht schlief ich schlecht, ich bereute meine Wut und überlegte, woher sie kam und ob ich Mona aufwecken sollte.

Überhaupt schlafe ich eigentlich kaum besser als Jo, nur benenne ich diesen Zustand nicht, sonst wäre ich ja auch krank. Ich liege steif und hellwach auf dem Rücken, mache Atemübungen und gerate in eine leichte, aber zähe Aufregung, die jede Schläfrigkeit vertreibt. Ich höre Jos Schnaufen, die Traumgeräusche der Kinder oder das Scharren der Meerschweinchen, das Rauschen des Regens, das auch ein Flammenmeer sein könnte, und, seit es heiß ist, die unnachgiebigen Angriffe der Mücken, ein Geräuschteppich, auf dem man ruhen könnte, wenn man nicht so unbedingt schlafen müsste wie ich.

Du hast gut geschlafen, sage ich am nächsten Morgen vorwurfsvoll zu Jo, der die Lippen aufeinander presst und die Augen schmal macht, als habe er Kopfschmerzen.

Nein nein, sagt er leise, die ganze Nacht wach gelegen, wie immer.

Ich halte dagegen, einer muss doch an der Wahrheit festhalten, nein, du hast geschlafen, ich war nämlich wach, und du nicht.

Also immer wenn ich wach war, sagt Jo, hast du tief und fest geschlummert.

Aber du warst ja nicht wach.

Ich liege jede Nacht wach, das weißt du.

Sei doch froh, dass es heute Nacht anders war.

Willst du mir sagen, wie ich mich zu fühlen habe?, sagt Jo.

Also ich fühle mich jedenfalls völlig gerädert.

Dann leg dich doch hin.

Das geht ja nicht, sage ich.

Na bitte, wenn du nicht willst, geh ich eben rasch hoch.

Jo geht hoch, schläft zwei Stunden, ich püriere für das Baby eine Zucchinisuppe, schneide für Mona Karotten, weil sie auch Vitamine braucht, aber keine Zucchini mag, wische den Apfelsaft auf, den das Baby auf die Tischplatte geträufelt hat, während ich ein Haargummi aus Monas Schopf zupfte, lese Mona eine Mittagsgeschichte vor, während das Baby auf mein Knie schlägt und fortwährend au bu ruft, bis es auch ein Buch anschauen darf, bei dem sich jedoch Mona langweilt, weil es ein Babybuch mit dicken Pappseiten ist und ich dem Baby viel zu lang vorlese und ihr viel zu kurz und überhaupt das Baby von allem mehr bekommt, und sie piekst das Baby so lange in die Ferse, bis es anfängt, nei nei zu schreien, das kann es jetzt, aber dann kann es nicht mehr aufhören, und ich trage das brüllende Bündel nach oben zum Mittagsschlaf und hoffe, dass es Jo weckt, aber tagsüber hat Jo keine Schlafstörungen und schläft tief und fest weiter, während ich auf dem Boden vor dem Gitterbett knie und das schreiende, kopfschüttelnde Baby zu streicheln versuche, das sich hin und her wirft und meine Hand wegschlägt.

Neulich rief Markus abends bei uns zu Hause an. Wir aßen gerade, und Mona ging ans Telefon. Eine Weile lauschte sie, während sich ein großes Lächeln in ihrem Gesicht ausbreitete. Dann kicherte sie und rief, aber ich bin doch keine echte Prinzessin. Wer ist denn da, zischte Jo. Ich wusste es längst, und er wusste es auch. Markus, lachte Mona, wann kommst du und schenkst mir die Krone. Jo saß sehr gerade am Tisch und schaute mich an.

Was ist denn.

Es ist Markus.

Das ist doch schön. Willst du nicht rangehen.

Mona schwenkte das Telefon, Papa, Markus will uns besuchen kommen, und dann bringt er mir eine echte Krone mit, weil er sagt, ich bin eine Prinzessin.

Jo starrte das Telefon an, als wollte er zurückweichen.

Ich geb dir Papa, sagte Mona, und hoffentlich kommst du bald, dann musst du aber für das Baby auch eine kleine Krone mitbringen, sonst ist es traurig.

Jo nahm das Telefon, rückte es an seinem Ohr hin und her und sagte mit einer geraden Stimme, ja, Markus. Dann schwieg er. Er nickte nicht und lachte auch nicht, er schwieg einfach. Das konnte nicht lange so gehen, ich weiß ja, dass man telefonisches Schweigen nicht lange aushalten kann. Jo könnte von den Ereignissen erzählen, Markus wusste noch nichts vom Container, er könnte ihm sein Herz ausschütten, und es wäre dann leichter. Ich schaute auf seinen Mund, während Mona gespannt um ihn herumtänzelte. Ich dachte, sie könnte sich an Markus kaum erinnern, aber sie muss noch gewusst haben, wie er sich mit ihr vergnügt hatte.

Ja, sagte Jo auf einmal in das Schweigen hinein, ich weiß nicht. Vielleicht.

Vielleicht heißt, dass Markus vielleicht kommt, flüsterte Mona mir laut ins Ohr, aber auf einmal stand Jo auf, das Telefongespräch war beendet, ohne dass wir es gemerkt hatten, er legte das Telefon zurück und stand im Halbdunkel.

Was hat er gesagt, Papa, rief Mona.

Was, sagte Jo.

Ich meine, wann kommt er.

Ich habe ihm gesagt, er soll später anrufen, sagte Jo, morgen vielleicht. Oder übermorgen.

Aber das stimmte nicht. Er hatte nichts gesagt. Wir hätten es doch gehört.

Nach Jos zweiter Woche im Container gönnten wir uns ein kinderfreies Wochenende. Die Anstrengungen, um es zu ermöglichen, waren haarsträubend. Ich telefonierte, mailte, sprach persönlich vor, bat, telefonierte wieder, mit Katrin, Jos Mutter, meiner Cousine, Xenia, allen Freunden, wieder mit Jos Mutter. Sie hatten schon etwas vor, trauten es sich nicht zu, mussten bei einem Umzug helfen, ihre Mutter im Altersheim besuchen, Kindergeburtstag feiern, schwimmen gehen, Kurzurlaub in Paris machen oder hatten einfach nicht die Kraft.

Schließlich kam Jos Mutter am Samstagmorgen mit einem Rollkoffer und einer Himbeertorte.

Die ist für euch, sagte sie.

Aber wir sind doch weg, Mutter, sagte Jo.

Für die Kinder, meine ich.

Ich warf Jo einen besorgten Blick zu.

Das Baby soll nichts Süßes essen.

Na, das kriege ich schon hin, sagte Jos Mutter und breitete sich rasch aus, indem sie ihre Brille, ihre beige Jacke, ihre Handtasche und die Torte an verschiedenen Stellen ablegte.

Es freut mich ja, wenn ihr mich überhaupt mal einladet.

Aber Mama, sagte Jo, was soll denn das heißen.

Ich fuhr dazwischen, ich wollte das Wochenende, das aus einem knappen Tag mit Übernachtung bestand, nicht aufs Spiel setzen, ich wollte auch Mona und das Baby nicht allein mit Jos Mutter lassen, aber anders ging es nicht, ich hatte das zerbrochene Sektglas und das Blut an Jos Ärmel vor Augen, sein übermüdetes Gesicht und seinen flachen Blick, wir mussten allein wegfahren, ohne Sicherheitsvorrichtungen.

Das Baby schlief, aber Mona stand unsicher im Flur, als wir aufbrachen, weinerlich warf sie uns Kusshände zu, und wir winkten zurück, wir sind ja bald wieder da, Schatz, Oma hat eine Torte mitgebracht.

Sie könnte dem Kind ja auch beistehen, dachte ich, ihm einen Arm um die Schultern legen, stattdessen machte sie sich am Spülbecken zu schaffen, das Küchenhandtuch hatte sie sich schon in den Hosenbund gesteckt, wie es ihre Art war.

Das wird schon gehen, sagte Jo und legte mir eine Hand in den Nacken, und obwohl mir Monas blasses Gesicht hinterherschaute, freute ich mich, dass er mich ermutigte und wir nun zusammen unterwegs waren, mit der Reisetasche, die wir früher nach London, Dublin und Venedig mitgenommen hatten, ohne Windeln, Reisebettchen und Kuscheltiere.

Wir fuhren in ein Tal, in dem wir schon einmal gewandert waren, nahmen uns ein Zimmer in einem maisgelb gestrichenen Gasthof, stellten die Tasche ab und gingen hinaus.

Wir liefen nebeneinander auf dem Feldweg, der in die Wälder führte. Es war still, die Vögel sangen nicht. Den Verkehr von der Bundesstraße hörte man kaum.

Und was wollen wir an diesem Wochenende machen, fragte ich nach ein paar Schritten. Jo nahm meine Hand, aber er antwortete nicht. Schweigend gingen wir weiter.

Musst du oft an den Container denken, fragte ich nach einer Weile.

Nur wenn du fragst, sagte Jo und ließ meine Hand los, um den Reißverschluss seiner Windjacke zu schließen. Ganz von allein waren wir in Gleichschritt gefallen. Vor uns am Waldrand bewegte sich etwas, ein Reh vielleicht, oder ein Hund.

Soll ich lieber nicht fragen.

Jo antwortete nicht. Wir gingen nebeneinander her, nicht schnell und nicht langsam.

Der Rechtsanwalt hat gesagt, sie werden in Berufung gehen, sagte Jo plötzlich. Er rechne mit dem nächsten Gerichtstermin nach der Sommerpause. So wird es sein: Sommerpause, Gerichtstermin. Herbstferien, Gerichtstermin. Weihnachten, Gerichtstermin.

Unseren Anwalt, sagte Jo, werden wir nicht mehr bezahlen können.

Unser Konto, sagte Jo, sieht ziemlich leer aus.

Trotzdem, sagte er, bin ich froh.

In diesem Moment gab ich auf.

Ich ging weiter, ich hörte den Gleichklang unserer Schritte, den Schotter unter unseren Schuhen, ich sah die Felder, sah, wie das Reh am Waldrand erstarrte, es musste uns gerochen haben.

Von Annette Pehnt sind im Piper Verlag erschienen:

Ich muß los
Insel 34
Herr Jakobi und die Dinge des Lebens
Das Haus der Schildkröten

PIPER

Annette Pehnt

Ich muß los

Roman. 125 Seiten. Serie Piper

»Dorst schob seinen Einkaufswagen von hinten sachte in Einers Hüfte. Einer drehte sich um: Ach nein, sagte sie und ließ den Spinat sinken. Der spanische Sekt ist im Sonderangebot, sagte Dorst, legte den Kopf schief und wartete.«

Unergründlich und scheu ist er, der Held in Annette Pehnts kraftvollem ersten Roman. Er läuft in den schwarzen Anzügen seines toten Vaters herum, erzählt als selbsternannter Reiseführer von Limonadebrunnen und Honigfrauen. Seine Phantasie ist grenzenlos, die Nähe zu anderen nicht. Vor allem nicht die zu seiner Mutter und ihrem Freund. Erst als Dorst die junge Einer trifft, scheinen seine Zurückhaltung und seine Ruhelosigkeit ein Ende zu finden. Lakonie und leiser Humor vereinen sich in Annette Pehnts Debütroman »Ich muß los« zu einer traurig schönen Geschichte über einen jungen Mann und seine Verbindung zur Welt.

01/1202/01/R

PIPER

Annette Pehnt

Insel 34

Roman. 189 Seiten. Gebunden

»Ich habe nie so getan, als ob ich die Insel kenne, und ich bin die einzige, die wirklich hinfahren wollte. Die Seekarten hatte ich mir schon gekauft, bevor ich Zanka überhaupt kannte.«

Zanka roch nach Vanille und Zigaretten, und er brachte ihr bei, wie man liebte. Aber auch Zanka konnte sie nicht davon abhalten, auf die Inseln vor der Küste zu fahren. Keine von ihnen trug einen Namen, sie waren numeriert. Und Insel Vierunddreißig war ihr Ziel, dorthin wollte sie, den Jungen mit den geraden Augenbrauen finden und herausbekommen, ob ihr Herz schneller schlug.

Die eigenwillige Ich-Erzählerin in Annette Pehnts neuem Roman hofft auf das Erwachen ihrer Leidenschaft, das Leben zu spüren ist ihr Wunsch. Unbeirrt versucht sie, ihm mit Forschergeist und der Beherrschung eines ungewöhnlichen Instruments näherzukommen.

01/1327/01/L

PIPER

Annette Pehnt

Haus der Schildkröten

Roman. 192 Seiten. Gebunden

»Eine abgründige Anmut kennzeichnet Annette Pehnts Prosa. Federleicht kommt sie daher«, schreibt die NZZ über sie. Nun legt Annette Pehnt ihren dritten Roman vor, ein Buch über ein großes Tabu, das Ende unseres Lebens und das Sterben: Die meisten kommen am Wochenende, gut frisierte Töchter und Söhne, Schwiegertöchter und Enkel mit geputzten Schuhen. Schuld, Scham, Fürsorge und Peinlichkeit treiben sie her ins Altersheim »Haus Ulmen«, in das Leben zwischen Kirschkuchen und Hohem C. In Haus Ulmen herrschen eigene Spielregeln, vergeht die Zeit anders als in der Welt draußen. Hier, wo das Leben zerfasert, herrscht das endgültige Jetzt. Das spürt auch Ernst, der seinen Vater besucht, den Professor. Immer dienstags kommt er ins Haus Ulmen, genau wie Regina. Überrascht, leidenschaftlich klammern die beiden sich aneinander.

01/1562/01/R

PIPER

Egon Gramer

Zwischen den Schreien

Roman. 304 Seiten. Gebunden

Ein hoher lauter Schrei, der nicht aufhören wollte. Daran konnte sich Georg noch ein halbes Menschenleben später erinnern. Sein Gesangbuch damals war voller Sterbebildchen gewesen. Elfuhrläuten im Dorf und die schwarzen Kleider seiner Mutter blieben für immer in seinem Kopf. Georg wollte einfach nur weg, und weshalb sollte er nicht ins Internat? Dort erwarteten ihn der Prior und der junge Lateinlehrer, die ihm vom Punischen Krieg erzählten, aber eigentlich El Alamein und den Wüstenfuchs meinten. Sie rauchten während des Unterrichts, und ihre Hände zitterten. Georg ahnte bald, daß hier niemand ins Leben hinaustreten wollte, und fragte sich, wohin es für ihn gehen würde. – In der Enge eines Internats spiegelt Egon Gramer die stille Verzweiflung und den Schmerz der bundesrepublikanischen Gründerjahre.

01/1628/01/L

PIPER

Wolfram Fleischhauer

Schule der Lügen

Roman. 528 Seiten. Gebunden

Es ist keine Seltenheit, daß der junge Student Edgar von Rabov seine Abende in der Berliner Eldorado-Bar zubringt. Doch diese kühle Februarnacht des Jahres 1926 ist anders, mit ihr beginnt für Edgar etwas Neues: Eine bemerkenswert schöne junge Inderin erregt sein Interesse. Immer wieder scheint auch sie Edgars Blick zu suchen. Als sie das Eldorado in Begleitung eines mysteriösen älteren Herrn verläßt, steckt Alina Edgar eine Notiz zu: »Übermorgen hier. Ich erwarte Sie.« Edgar, dessen Lebensweg als Sohn einer norddeutschen Adelsfamilie und Alleinerbe einer Farbenfabrik vorgezeichnet scheint, kann sich dem exotischen Zauber der jungen Frau nicht entziehen – und läßt sich auf ein abgründiges Liebesabenteuer mit ihr ein. Doch welche Rolle spielt ihr eleganter englischer Begleiter? Und weshalb hält sich Alina in Berlin auf? Edgars Zuneigung zu ihr bleibt seiner Familie nicht verborgen – sie läßt ihn beschatten und scheint besonderes Interesse an dem Engländer zu haben. Als Alina plötzlich spurlos verschwindet, ist Edgar entschlossen, Antworten auf all seine Fragen zu finden und ihr bis nach Indien zu folgen …

01/1563/01/R

PIPER

Maarten 't Hart
Die Jakobsleiter

Roman. Aus dem Niederländischen von Gregor Seferens. 256 Seiten. Serie Piper

Mit dem Rad ist Adriaan Vroklage zur Insel Rozenburg gefahren. Ein sonniger, warmer, ja paradiesischer Tag mit seiner Cousine Klaske liegt hinter ihm. Erst als er nach Hause zurückkehrt, erfährt er, daß seine Eltern ihn seit Stunden für tot gehalten haben: Aus dem Hafenbecken, wo die Fähre für die Insel anlegt, hatte man am Nachmittag die durch Schiffsschrauben zerstückelte Leiche eines Jungen geborgen, und irgendwer hatte Adriaan kurz zuvor am Hafen gesehen. Seit diesem Erlebnis ist Adriaan der festen Überzeugung, zu Unrecht zu leben. Er glaubt Buße tun zu müssen und nimmt sich vor, die ungewöhnlich zurückgezogen lebende Familie des toten Jungen kennenzulernen.

01/1626/01/L